一间自己的房间

A Room of
One's Own

伍尔夫经典小说

[英]
弗吉尼亚·伍尔夫 著   吴晓雷 译

陕西师范大学出版总社

图书代号：SK14N0091

图书在版编目（CIP）数据

　　一间自己的房间 ／（英）伍尔夫著；吴晓雷译 . —西安：
陕西师范大学出版总社有限公司，2014.3（2019.5 重印）
　　ISBN 978-7-5613-7588-4

　　Ⅰ . ①一··· 　Ⅱ . ①伍··· ②吴··· 　Ⅲ . ①妇女文学—
文学评论—世界　Ⅳ . ① I106

　　中国版本图书馆 CIP 数据核字（2014）第 010860 号

一间自己的房间
YI JIAN ZI JI DE FANG JIAN

[英] 弗吉尼亚·伍尔夫 著　吴晓雷译

责任编辑	焦　凌
责任校对	彭　燕
特约编辑	陈希颖
装帧设计	hanyindesign
出版发行	陕西师范大学出版总社
	（西安市长安南路 199 号　邮编 710062）
网　　址	http://www.snupg.com
经　　销	新华书店
印　　刷	山东临沂新华印刷物流集团有限责任公司
开　　本	880mm×1230mm 1/32
印　　张	6.5
插　　页	4
字　　数	146 千
版　　次	2014 年 3 月第 1 版
印　　次	2019 年 5 月第 6 次印刷
书　　号	ISBN 978-7-5613-7588-4
定　　价	36.00 元

读者购书、书店添货或发现印装有问题，请与营销部联系、调换。
电　话：(029) 85307864　85303629　传　真：(029) 85303879

总序

深刻而绝望的诗意

　　弗吉尼亚·伍尔夫(1882—1941),英国女作家,现代派及意识流文学的先锋,著名的文艺团体"布鲁姆茨伯里派"的核心人物。《达洛维夫人》《去灯塔》和《海浪》等作品都是其名作。此次"悦经典"之伍尔夫作品系列收入两种,除《达洛维夫人》之外,还有被后世视为女权主义著作范本的《一间自己的房间》。

　　伍尔夫不算漫长的一生经历了维多利亚时代的衰亡、大英帝国的没落和两次世界大战,在思想上深受弗洛伊德心理学、女权主义及同性恋运动的影响,这些经历和思想在她的作品中都留下了很深的印记。

　　伍尔夫出生于书香世家,从小喜爱阅读,而她父亲庞大的藏书库正好满足了她那无底洞般的求知欲。在伍尔夫十三岁时,她挚爱的母亲突然离世,此后父亲也变得郁郁寡欢、脾气暴躁,这些导致了伍尔夫一生中的第一次精神崩溃。在治疗期间，她得到了一位女性的悉心照顾，并爱上了这位与自己同性别的人。在《达洛维夫人》一书中有对这种同性恋关系的极为细腻绝妙的描写。而父亲性格的大变也直接导致了她对传统社会的父权的深刻反思，这些都反映在了《一间自己的房间》这本理论性名著中。仅从书名来看，我们就不难看出作者的用意——一个从事文艺创作的女性必须拥有"一间自己的房间"——这精妙地写出了女性要有自己独立的思考空间这样一种女权主义思想。

父亲去世后，伍尔夫经历了第二次精神崩溃，之后全家搬迁至布鲁姆茨伯里区居住，并在那里与朋友们渐渐开始了每周四夜晚的固定聚会，这就是后来著名的布鲁姆茨伯里文艺圈。在这个圈子里，有当时知名的画家、文学家、哲学家、评论家等等，其中还有后来成为伍尔夫丈夫的作家伦纳德·伍尔夫。这些思想前卫、风流倜傥的才子佳人们聚在一起无所不谈，话题里也包含了许多开放的性内容，甚至还举行了一系列可谓惊世骇俗的活动，在社会上产生了重大影响。1912年，弗吉尼亚·史蒂芬（伍尔夫的婚前名）与伦纳德·伍尔夫成婚。婚后不久，伦纳德就发现妻子极度厌恶房事，更令他苦恼的是，弗吉尼亚还患有严重的精神疾病，反复出现自杀倾向。不知道可不可以说伦纳德是一个伟大的男人，他默默地承受了这一切，一次又一次地把她从绝望的边缘、死神的手里拉了回来，成为弗吉尼亚生活上的真正依靠。而且，他还是弗吉尼亚的文学知己，对妻子的每一部作品他都会拿出自己诚恳的意见和她一起讨论。后来，夫妇俩还在自家的地下室里成立了自己的出版社，并出版了伍尔夫的所有作品。1913 年，伍尔夫完成了第一部长篇小说《远航》，这部作品与其后的意识流小说全然不同，完全采用传统的写作手法，行文流畅明晰，而且伍尔夫的许多思想在这本书里已有所反映。

从 1922 到 1924 年，伍尔夫花了两年时间创作了她的杰作《达洛维夫人》。不论是从技法还是从思想性来说，这本书都达到了堪称完美的境地，在意识流小说中建立了不可动摇的崇高地位。首先是这本书的精妙结构，故事情节设置在同一地点的同一天——伦敦市区，主人公克拉丽莎·达洛维夫人举行宴会的一天。时间以伦敦的标志性建筑大本钟的嘹亮钟声为标志。与这种简洁明了的结构形成鲜明对比的是，一个个充满鲜明个性的人物，一大段一大段迂回曲折的心理描写，在不同层面上展开的丰富情节，这些特色使这本书就像"万花筒"一样，让人阅尽人间百态。从这个意义上说，这本书跟很多名著一样，值得反复阅读，而且常读常新。

主人公达洛维夫人是个养尊处优，在现实生活中如鱼得水的女人，本书最基本也是最核心的情节就是她举办宴会，而宴会本身就代表了她在社会上的地位和取得的成功，然而这又是一个在内心深处不满现实、渴望高尚，与生活现实矛盾重重的女人。她的旧情人彼得·沃尔什从印度归来，这是一个我行我素，几乎不食人间烟火的高度理想化的男人，而他对世俗化的达洛维夫人的种种嘲讽更加剧了主人公内心对现实的不满。另外一个重要人物是战争的幸存者沃伦·史密斯，他得了严重的战争后遗症——弹震症（shell shock），完全处于疯狂与谵妄的状态，在达洛维夫人的宴会正热热闹闹地举行时,他自杀了。他的死意味深长,表面上看是一战残酷的持续效应,却也折射出当时知识分子对欧洲文明的幻灭感,是写实,也是象征。作者本人的生活中,死亡的阴影也是无处不在,以至于她最终在 1941 年选择了自沉于家附近的乌斯河中。

本书的语言最为人称道,一个个曲折生致的长句,如一条条深邃美丽的长河,读来时而让人兴奋,时而又让人心生敬畏,这正是伍尔夫意识流的魅力所在。

1928 年,伍尔夫分别在剑桥大学的纽纳姆学院和哥顿学院做了两次演讲,演讲的题目是《女性与小说》,在此基础上,伍尔夫于 1929 年出版了一本散文集《一间自己的房间》。这是一本理论杰作,在这本书里,伍尔夫用风趣幽默的语言、清晰流畅的论述,强有力地阐明了自己的观点和思想。她在本书中阐述了女性在社会中长期处于劣势地位,遭受着种种的不公与偏见,提出了女性要有自己独立的生活与思想空间,要强调女性与男性之间的差异,要发挥出女性的最大优势,来完成属于自己的宏伟事业。正是这样鲜明的观点,使这本书向来被视为女权主义的代表作品。论述当中,伍尔夫化身为一个名叫玛丽的女人,在一个晴朗的十月上午坐在河岸出神发呆。玛丽神思所及,河,河岸上的灌木丛,河面划船的大学生及河中倒影,牛津或剑桥大学校园里的草皮,与学院及图书馆相关的那些文稿与学者,所谓信仰与理性的金本位基石,浇了奶油的鳎鱼,带土豆片、调味汁和凉拌菜的烤山鹑……联想所及,包容内容之广开拓了一个全新的写作领域。不是论文，也不是散文，表面的杂沓无序却有一股内在的诗意。

当初接到《达洛维夫人》的翻译约稿，我既开心又惶恐。开心的是有机会能够翻译如此著名的一位大作家的作品，惶恐的是伍尔夫的文章素来以晦涩难懂、复杂精深著称。出版方要求尽量用通俗流畅的语言翻出当代人能够读懂、理解与欣赏的伍尔夫来。历经了半年咬文嚼字的生活，终于完成，却如同掉了一层皮。感谢陕西师范大学出版总社有限公司与上海雅众文化传播有限公司能够邀请我参与翻译"悦经典"系列丛书的作品，能够重新演绎"作家中的作家，经典中的经典"。译作疏漏之处，还请读者们批评指正。如今又勉力写就了这样一篇不成样子的译序，只能是贻笑大方了。

姜向明

目　录

选篇一

普通读者①

---

① 这篇短文为 1925 年刊行的《普通读者》(第一辑)的卷首,实为伍尔夫为此选集所
　作序言。

约翰生博士①的《格雷小传》中有一句话，大可以写在所有那些远称不上图书馆，却也装满了书以供私人阅读的房间里。"……我很高兴与普通读者意见一致，因为读者的常识，并无沾染文学偏见，才能在雕饰而成的品位与学识造就的教条之外，为诗坛桂冠的归属，做出最终的评判。"这句话明白地说出了普通读者的素养，也让他们的目的看起来更为高尚。如此，这样一种费时颇多却又难有任何实在成效的消遣，也终于赢得了这么一位伟人的赞许。

约翰生博士的言外之意是，普通读者不同于评论家或是学者。他没受过什么像样的教育，也没有什么额外的天分。读书在他而言，只是为了乐趣，不为授人知识，也不为正人言论。就这样，这位普通读者出于某种本能，从他所能接触到的那些杂七杂八的材料

---

① 约翰生博士(Doctor Samuel Johnson)，英国 18 世纪著名学者、作家。《格雷小传》为其所著《英国诗人传》里的一篇。

里,为自己创造出了某种完整的东西:一幅肖像,某个年代的轮廓,有关写作之道的一套看法。他一边读书,一边不停地搭建出某种东倒西歪、摇摇欲坠的结构来,看上去倒也实实在在。惹人疼爱也罢,引人开怀也罢,遭人非议也罢,这一切都给了他片刻的满足。他就这样匆匆忙忙、不求精确、不去深究,一会儿读上首诗,一会儿翻上两页旧书,只要能满足他的需要,能让他搭建的结构像模像样,他才不会在意这材料是从何而来、是什么质地。若是作为评论家,他的缺点自然一目了然,无需多言。但若是真如约翰生博士所言,他对诗坛的荣誉所属也有一些发言权,那么,也许,写下些许这样看似微不足道的只言片语,对得到如此重大的一个结果也会有所贡献。

选篇二

现代小说①

---

① 本文最初发表于 1919 年 4 月 10 日的《泰晤士报文学增刊》，标题略有不同。

对于现代小说，进行任何一番考察，即使是随便看上两眼而不做深究，都难免不会想当然地以为，这门艺术到了现代多少都要比以往有一些进步。可以说，仅凭着简单的工具和原始的材料，菲尔丁的小说就已经称得上十分出色，而简·奥斯汀①还要更胜一筹，但他们的机会岂能与我们相比！他们的杰作，风格朴素得让人惊奇，也就理所当然了。而把文学，打个比方来说，与汽车制造的过程相提并论，虽然经不起推敲，但乍一看也差强可比。让人怀疑的是，几个世纪以来，尽管我们对制造机器有了长足的认识，对于创作文学，我们是否也曾学到了一星半点儿的知识。我们并没有写出更好的作品；只能说，我们继续时而朝着这个方向，时而朝着那个方向，前进了稍许，但若站在足够高的山顶去观察这整条轨迹，

---

① 菲尔丁(Henry Fielding)，18世纪英国小说家，代表作有《汤姆·琼斯》等；简·奥斯汀(Jane Austen)，英国女性小说家，代表作有《傲慢与偏见》等。

应该就会发现这大体上是一个周而复始的圆形。实际上,我们从来也不曾站在那样一个有利的高处,连片刻也不曾有过。我们只是站在平地上,淹没在拥挤的人群中,任由飞扬的尘土迷离了双眼,心怀嫉妒地回顾那些远较我们幸福的战士。他们已经凯旋,战利品无声地言说着自己的辉煌,让我们怎能不感叹他们的战斗远非我们这般激烈。这一切要由文学史家去定夺,由他来下个论断,我们是在开启还是在终结,抑或是正站在一个伟大的散文体小说的时代中间,因为我们身处山下平原,眼界有限。我们只知道,有一些善意、也有一些敌意激励着我们;知道有一些道路似乎可以通往富饶的土地,另一些则通向尘埃和荒漠。而对此做一番探讨,也许是值得一试的。

那么,我们的矛头就不必指向古典作家,而若是说我们与威尔斯先生、贝内特先生,还有高尔斯华绥先生①针锋相对的话,在一定程度上不过是因为他们尚且在世,他们的作品也就还活生生地显露着自己的不足之处,不由得我们不去斗胆冒昧说上几句。不过,话又说回来,对他们的累累硕果我们也心存谢意,只是还是把自己无条件的感激之情留给了哈代先生和康拉德先生。而对那位写下了《紫红色的土地》、《绿舍》以及《那时远方》的哈得孙先生②,我们也略表感谢。威尔斯先生、贝内特先生和高尔斯华绥先生都曾让我们

① 威尔斯(H. G. Wells),20世纪英国小说家、历史学家,尤以科幻小说闻名,代表作有《时间机器》等;贝内特(Arnold Bennett),20世纪英国小说家,代表作有《老妇谭》等;高尔斯华绥(John Galsworthy),20世纪英国小说家,代表作有《福尔赛世家》等。
② 哈代(Thomas Hardy),英国诗人、小说家,代表作有《德伯家的苔丝》等;康拉德(Joseph Conrad),波兰裔英国作家,代表作有《黑暗深处》等;哈得孙(W. H. Hudson),英国自然学家、小说家,代表作有《绿舍》等。

满怀希望，却又让我们一次一次地落了空，因而我们的谢意大都不过是感谢他们让我们看到了那些他们原本可能却不曾达到之处，还有那些我们确实不能，不过，也许正是我们确实不愿做的事情。对他们那些大部头的作品，如此卷帙浩繁，内容庞杂而又良莠不齐，只用只言片语是无法概括我们心中的指责与不满的。如果非要用一个词来表达我们的意思，我们只能说，这三位作家都是物质主义者。他们关注的并非心灵而是肉体，因此让我们失望，还给我们留下这样的印象：只消留意一点礼节，英国小说越早与他们背道而驰，哪怕是一脚踏入荒漠，对于她的灵魂而言，也要有益得多。要用一个词，既要一语中的，又要一石三鸟，这自然是不可能的。在威尔斯先生那里，这个词就明显落在了靶心之外。但即便如此，这个词也让我们看到了在他的天才之中所融入的致命杂质，那一大块掺杂在他那纯净灵感中的泥巴。而贝内特先生大概在这三人中算得上是罪魁祸首，因为他的技艺最为精湛。他写起小说来，结构严谨、滴水不漏，就算是再吹毛求疵的批评家，也会觉得无懈可击。就连窗框间也密不透风，板壁上也天衣无缝。然而——倘若生命拒绝栖身于此，那又当作何论呢？写出了《老妇谭》，创造出了乔治·坎农、艾德文·克莱汉格①以及各色人等的贝内特先生，大可以声称已经排除了这种风险。他笔下的人物丰衣足食，简直让人难以想象，但他们如何生活、又是为了什么而生活，这依然值得一问。他们只让我们看到了花在火车头等包厢中软席上的时

①《老妇谭》，1908 年出版，乔治·坎农、艾德文·克莱汉格均为贝内特小说《克莱汉格》三部曲中的人物。

光,看到他们无休无止地摇响铃铛、按下按钮,却把五镇①上精心建造的别墅日渐抛诸身后。而他们奢华之旅的目的,也日渐明确,是要在布赖顿的顶级酒店里永享清福。就威尔斯先生而言,他倒没有把兴趣都花在布局谋篇上,在这方面,他还称不上是个物质主义者。他为人过于慷慨,满腔的同情让他来不及把事事都安排得井井有条、坚实可靠。他的物质主义纯粹来自于他的古道热肠,本应是政府官员的工作也被他揽到了自己肩上,他心里又塞满了各种念头和事实,根本无暇去顾及笔下的人物是否生硬粗糙,或是压根就不记得要去将人物角色一一考虑停当。可是,对他笔下的尘世与天堂,如果要说如今及日后住在其中的便是这样的琼和彼得②们,那么,还会有什么比这还严厉的批评吗?纵然他们的创造者慷慨地为他们建筑宅邸、树立理想,可还不是被他们卑劣的天性弄得黯然失色?同样,尽管我们敬仰高尔斯华绥先生的正直与仁爱,在他的字里行间也找不到我们所寻求的东西。

那么,要是我们在他们的那些书上统统都挂上个标签,写上物质主义者这几个字,我们的意思就是:他们的书里,都是些无关紧要的东西,他们把高超的技艺与非凡的精力都用错了地方,那些鸡毛蒜皮、转眼云烟的小事,在他们的努力下,倒好像是真实不虚、可以流芳百世的了。

我们必须承认,我们是在吹毛求疵,而且还得进一步承认,要想把我们所苛求的东西解释得一清二楚,好让我们的不满合情合理,实属难题。我们的疑问在不同的时候,形式也都不同。但每逢

①　五镇,贝内特小说中的地名。
②　琼和彼得,威尔斯小说《琼恩和彼得》中的人物。

我们读完了一本小说,掩卷长叹之际,这种疑惑必然会卷土重来——这值得一写吗?究竟有什么意义呢?会不会就因为出了那么一点点差池,就像人类心灵偶一为之的那样,贝内特先生那用来捕捉生活的天罗地网就失之毫厘,撒错了方向,生活便溜走了?而除去生活之外,也许就再没有什么值得一谈了。不得不依赖于打比方来说明问题,无异于承认自己观念不清,但若像评论家喜欢的那样平铺直叙,也是无济于事。但凡有关小说的批评,都免不了有含糊其辞的困扰,那就姑且承认这一点,让我们鼓足勇气把自己的观点说明:目前大为流行的小说形式,在我们看来,往往是让我们错失,而非抓住了我们所要寻求的东西。且不管我们把这种东西称之为生活还是心灵,真理或是现实,这一关键之物,已然走开了,或是远走高飞了,它可不愿意再被我们塞进这么一套不合身的衣服里。可是我们却还在循规蹈矩地照着一个旧模子,不依不饶、勤勤恳恳地炮制着我们那长达三十二章的鸿篇巨制,全然不顾这旧模子已离我们心里的景象相去甚远,越来越不相像了。挖空心思地刻画情节以求逼真、忠于生活,不单是白白浪费了精力,还把精力用错了地方,反倒遮住了思想的光芒,让其晦暗不明。作家似乎由不得自己,而是被某个强横有力、蛮不讲理的暴君牵住了鼻子,沦为了奴隶,为他来编造情节,写上一出喜剧或是悲剧,播下几粒爱的种子,再为这一切营造出一种近乎确凿的气氛,涂上经久不坏的香料,让其看似完美无瑕,要是他笔下那班人物活了过来,那一个个准会发现自己衣冠楚楚、穿着入时,甚至每一粒纽扣都是当下流行的款式。暴君的意旨实现了,小说也拿捏得恰到好处。但有时,随着时间的流逝,从偶一为之,到常常如此,看着满页满页如蹈旧辙一样写就的文字,我们心下也会生出须臾的怀疑,涌出反叛的念头。难道生活果真如此？小说也必须如此吗？

审视内心，生活看起来远非"如此"。仔细观察一个普通人在寻常的一天中某一瞬间的内心活动。心灵接纳了成千上万个印象——琐碎的、奇异的，有些稍纵即逝，有些如钢铁般锋利，在心底深深刻下印记。他们从四面八方涌来，好似数不清的原子如雨落下般无休无止。当它们纷至沓来时，当它们化作了周一或是周二的生活时，那重点也和以往不同；这一瞬间的重要性并不在此，而在彼处。因此，如果一位作家是个自由人而不是奴隶，如果他能出于自己的意愿来写作而不必听命于人，如果他可以依据亲身感受，而不必因循守旧，那就不会再有约定俗成的那种情节、喜剧悲剧、爱的种子或是什么悲剧式的结局，或许连一粒按照邦德大街上的裁缝们那种式样钉上的纽扣也都再也找不到了。生活并非是一串对称排放的马车灯，生活是一圈明亮的光环，是一个伴随我们意识始终、将我们包裹在内的半透明封套。而小说家的任务难道不就是要将这种变幻莫测、不为所知却毫无拘束的心灵表达出来，不论它是异乎寻常或是错综复杂，还要尽可能地减少外部杂质的混淆吗？我们并非单单为勇气和真诚而声辩，我们还要指明的是，真正恰当的小说题材，并非是习惯教与我们信服的东西。

至少，通过这样一种方式，我们希望可以将几位年轻作家所共有的品质说明白，说明他们的作品与前辈们的相比，何以会如此不同。而詹姆斯·乔伊斯①先生，又可以算得上这些年轻人中的佼佼者。他们力求更加接近生活，更真诚也更准确地将吸引他们、感动他们的东西原封不动地保存下来，为了做到这一点，他们甚至不惜

---

① 詹姆斯·乔伊斯(James Joyce)，爱尔兰小说家，代表作有《尤利西斯》等。

将连小说家通常所奉行的传统也大都弃之不顾。让我们将那些落在心灵上的原子如实记下，依照它们纷纷落下的顺序，依照它们留给心灵的模样，每种情形、每桩小事，也都原原本本地记下，且不管看上去是多么支离破碎、不相协调。切不可想当然地以为，通常所谓的大事较通常所谓的小事之中，会蕴含更为丰富而圆满的生活。无论是谁，但凡读过《一个青年艺术家的画像》，或是那部正在《小评论》上刊出，要有趣得多的作品——《尤利西斯》[①]，都不免会大胆地提出诸如此类的理论，来揣测乔伊斯先生的意图。在我们而言，仅凭眼前这些未竟的章节就妄下结论，未免是有些冒昧，并无十足的把握。且不去管终篇之后的整体用意究竟为何，毋庸置疑的是，这是出于作者最大的诚意，而最终的结果，虽然也许会让我们感到艰深难读、令人不快，但其重要性是无可否认的。乔伊斯先生，与那几位被我们叫做物质主义者的作家正相反，他是精神主义的。他不惜一切，也要将我们心灵深处闪烁的火光呈现出来，无数的信息都借由这团从我们心底燃起的火焰，在我们的脑海中一闪而过。为了能将这火光保存下来，乔伊斯先生鼓足了勇气，只要在他看来是属于外部世界的，不管那是能添上几分真实，还是可以增加些连贯，或是诸如此类，曾让一代一代的读者在他看不到、摸不着、需要发挥想象力之时，辨明了方向的航标，都被他一概抛弃。譬如，在公墓内的那个场景，如此光芒四射又粗陋不堪，看似语无伦次，但

[①] 《小评论》，美国杂志名。乔伊斯小说《尤利西斯》的部分内容曾于 1918 年至 1920 年间在此刊陆续发表。其实，早在 1918 年 4 月，哈里特·韦弗（Harriet Weaver）就曾希望伍尔夫夫妇能在霍加斯出版社出版整本的《尤利西斯》，可惜出于一些法律和实际的原因，未能出版。

在电光火石的一闪中，又是如此意味深长。毫无疑问，这正接近了心灵的本质。不管怎样，初次读到这样的描写，很难让人不为这样一部杰作而喝彩。如果我们想得到生活的本来面目，那么这确实就是它了。倘若我们还想再说上几句，说一说如此新颖独到的作品为什么还是比不上《青春》或是《卡斯特桥市长》①，我们也会一时语塞，支支吾吾语焉不详。之所以拿这两部作品来做比较，是因为必须和高明之作放在一起才知道短长，而之所以比不上，是因为作者的思想相较而言还略显贫乏。我们当然可以就这么说说便敷衍了事，但也还有理由进一步追问下去，这就好比待在一个明亮却狭窄的房间里，让人只觉得门窗紧闭、空间局促，施展不开拳脚、没有行动的自由，我们是不是不应只归结为思想上受到了束缚，也要问一问是否也是因为方法造成了局限呢？是不是方法束住了创造力的手脚？是不是因为方法不当，我们才失去了欢乐，觉得心胸狭隘，只以自我为中心？尽管这个自我感觉敏锐，以至于浑身颤抖，可对于超出自身之外的世界，他却不理不睬，更不用说去描写刻画了。是不是出于教诲的目的，把重点放在了粗鄙下流的事情上，所以这才显得多了些锋芒、有那么一点格格不入？还是仅仅因为但凡这样独辟蹊径的努力都更容易，尤其是在同时代的人眼里，挑得出缺点而非发现她的长处？不管怎样，置身事外而空谈“方法”是行不通的。我们如果是作家，那么任何方法，只要可以用来表达我们所想要表达的东西，便都是对的；我们若是读者，那么只要可以让我们更为接近作者的意图也都不错。而这种方法的优点，就在于可以让我们更接近我们打算称之为生活的那样东西。打开《尤

---

① 《青春》是康拉德的短篇小说；《卡斯特桥市长》是哈代的代表作之一。

利西斯》不是才让人明白,原来生活中有那么多东西一直被排除在外、视而不见吗?而翻开《项狄传》,或者是《潘登尼斯》①,不也是让人大吃一惊,并且心悦诚服,相信了生活尚有其他方面,而且还是更为重要的方面。

不管怎样,小说家现在所要面对的问题,且要让我们认为这个问题是古已有之,就是要找到一种方法,可以得心应手地写出他要写的东西。他一定要有勇气大声宣布,现在他的兴趣已经不在"这儿",而在"那儿"了:他的作品,必须完全来自"那儿"。对于现代人来说,"那儿",也就是兴趣之所在,极为可能是在心灵的幽深昏暗之处。这么一来,重点便立刻落在了别处,落在了某些长久以来被忽视了的地方,那就有必要马上勾勒出这种新的形式来,虽然这对我们而言,尚且难以捉摸,而对于我们的前辈来说,就已经无法理解了。除了一个现代人,或者说,除了一个俄国人之外,就再没有人能体会得到契诃夫在他的短篇小说《古塞夫》②里所描写情形的趣味了。几个生了病的俄国士兵躺在船上被送回家乡。我们看到的是他们零星的谈话和片断的思绪,然后其中一个死了,被抬了出去。谈话又继续了一阵,直到古塞夫自己也死了,看上去就"像一根胡萝卜或者白萝卜",被扔下了海。小说的重心放在了让人出乎意料之处,以至于乍一看还以为根本就没有重心。而接下来,等到双眼渐渐适应了微弱的灯光,认出这间屋子里都放了些什么东西,我们才明白过来,这个故事是如此地完整,如此地意味深长,而契

---

① 《项狄传》全名《特里斯特拉姆·项狄的生平与见解》,为英国小说家斯特恩(Laurence Sterne)所著;《潘登尼斯》是英国小说家萨克雷(W. M. Thackeray)所著。

② 契诃夫(Anton Chekov),俄国短篇小说家、戏剧家。代表作有《变色龙》《套中人》等。

诃夫又是如此忠实于自己的眼界,他把自己看到的这个、那个,以及其他的一些,凑在了一起,写出了一种新的东西。但却不能说,"这是幕喜剧",或者"那是场悲剧",因为短篇小说就我们的所学来说理应简练,还要有个结论,而我们并不能确定,这篇既不明确又不下任何结论的作品是否还应称之为短篇小说。

即使是对于现代英国小说最初步的评论,也很难对俄国的影响避而不谈,但一谈到俄国人,就难免会让人觉得,写文章评论小说,而不谈他们的小说,简直是在浪费时间。要想对灵魂与内心有任何的了解,不从他们那里,又从哪里可以找得到如此深刻的描写呢?倘若我们对自己的物质主义心生腻烦,他们中哪怕是最不足道的小说家,也天生就对人类的精神怀着自然的崇敬。"学会让自己与人为亲……但莫让同情出自思考——因为思考同情自然简单——要让它发自内心,以爱待他们。"①似乎每一位伟大的俄国作家,都让我们看到了圣徒的身影,如果说同情他人的疾苦、爱他们、努力去达到那值得心灵孜孜以求的目标便可以成就圣徒的话。是他们身上的这种种品质,让我们深感自己由于缺乏信仰而浅薄无聊,也让我们的不少名著都成了华而不实、花哨的点缀。俄国人的心胸,如此宽广而富于同情,所以他们的结论,大概难免会走向莫大的悲伤。其实,我们大可以更确切地说,俄国人的心胸,并不适合得出结论。他们给人的感觉,是没有答案。如果老老实实地观察人生,就会发现,生活的问题接二连三,在我们无望的追问中,直至故事结束,这些问题依然在我们心中回荡,并生出最后会让我们

---

① 此段话引自短篇小说集《乡村牧师及其他》中的《乡村牧师》,作者艾琳娜·米丽什娜(Elena Militsina)。

深恶痛疾的绝望来。或许他们是对的，毫无疑问他们看得比我们远，眼前也并没有我们那样重重的障碍。但或许我们也看到了一些从他们眼皮子底下溜走了的东西，不然的话，何以他们抗议的声音能与我们的忧心忡忡相共鸣呢？这抗议的声音来自另一个古老的文明，看来它在我们身上培养出的，是享受和好斗的天性，而不是容忍和理解。英国的小说从斯特恩到梅瑞狄斯①，都见证了我们生来便对幽默和喜剧、对山河的壮丽、对运用才智以及肉体之美情有独钟。而将这样两种南辕北辙、大相径庭的小说放在一起，想要比较出什么结果来，是徒劳无益的。只不过，他们的确让我们充分领略了他们的观点：小说这一门艺术面对的是无限的可能，并且提醒了我们，世界是广袤无垠的，没有任何东西——没有什么"方法"，没有什么尝试，哪怕是最疯狂的尝试——是被禁止的，除了虚情与假意。"小说的恰当题材"并不存在，每样东西都是小说的恰当题材，每一种感觉，每一个念头，我们头脑和心灵中的每一种品质，没有哪一种印象和知觉是不恰当的。而如果我们能够想象，小说的艺术活生生地站到了我们当中，那么不用说，她一定也会命令我们对她不仅要爱、要敬仰，也同样要对她声色俱厉、拳脚相向，因为只有这样，她才会重焕青春、威仪永驻。

---

① 梅瑞狄斯(George Meredith)，19 世纪英国小说家、诗人，代表作有《利己主义者》等。

选篇三

一间自己的房间①

---

① 这篇散文是依据 1928 年 8 月伍尔夫为纽纳姆学院的艺术协会和格顿学院的"一件又一件该死的事情"协会宣读的两篇论文写成,当时因为论文篇幅过长而未能全部读完,之后经过修改和扩充重新发表。——原注

一

　　不过,你们或许会问,我们请你来谈谈妇女与小说——可是,
这与自己的房间又有什么关系呢?我会与大家说一说这其中的究
竟。在我收到邀请,要我来谈谈妇女与小说这个主题后,我坐在河
边,开始琢磨这几个字眼的确切含意。或许,这几个字就是说,我
可以点评一番范妮·伯尼①的小说,多说上几句简·奥斯汀,再称
颂一下勃朗特姐妹,简单描述一下冰天雪地里的霍沃斯故居②。如
若可能,再打趣一下米特福德小姐③,充满敬意地引上几句乔治·
艾略特,还要提一下盖斯凯尔夫人④,这样,大概就可以收场了。可
转念一想,这几个字似乎又另有深意。妇女与小说这个主题,大概

────────────

① 范妮·伯尼,Fanny Burney(1752~1840),英国女作家。

② 霍沃斯故居,Haworth Parsonage,勃朗特一家的住所,现为勃朗特故居博物馆。

③ 米特福德小姐,Miss Mitford(1787~1855),英国女剧作家、诗人和散文作家。

④ 盖斯凯尔夫人,Mrs Gaskell(1810~1865),英国小说家。

是要谈一谈妇女和她们的形象——也许这才是你们的本意；不然，就大致是要说说妇女和她们所写的小说；或者，是妇女和那些描写妇女的小说。又或是，这三个方面你中有我，我中有你，难分彼此——而你们就是想请我从这一角度来考虑这个问题——这种方式似乎最为有趣，可一旦开始从这个角度思考，我很快便发现它有一个致命的缺点，那就是我永远无法得出结论。我也无法尽到自己应尽的责任，在我看来，站在这儿为你们做演讲，让你们在一个小时之后，能在笔记中记下方寸的真知，可以放在壁炉台上留作永久的纪念，才是我首要的责任。我所能做的，只是对一个次要问题跟大家谈谈我的看法：一个女人如果打算写小说的话，那她一定要有钱，还要有一间自己的房间。而这种看法，正如你们会看到的一样，并未解决何谓妇女、何谓小说的重大问题。所以，我并不打算就这两个问题得出什么结论，在我看来，妇女与小说的问题仍旧悬而未决。不过为了稍作补偿，我打算尽己所能，向大家说明关于房间和钱的观点，我是从何而来的。我会把自己的思绪如何归结于此，原原本本、毫不掩饰地向诸位讲明。或许，只要我把这种说法背后的种种观点，或者说种种偏见，向大家一一道破，你们就会发现，这和妇女和小说都不无关系。不管怎么说，一个备受争议的话题——但凡一个问题牵扯到性别便会如此——很难指望有谁能道出些真理来。我们能做的只是把自己何以得出某种观点，且不管这种观点是什么，如实地说出来。我们只能让我们的听众，在领略了演讲者的局限、偏见或是癖好之后，得出自己的结论。在这种情况下，小说，跟事实相比，倒有可能包含更多的真理。所以，我打算充分发挥自己身为作家的自由和特权来跟大家谈谈，在我来这儿之前的两天里发生的故事——谈谈我自己，在知道了你们所赐的这个主题之后,是如何地不堪重负,如何地绞尽脑汁。在我日常生活的里里外外,都在为此伤脑筋。显而易见,我将要说的一切纯属虚构:牛桥大学只是杜撰,芬汉姆学院也是如此,而所谓的"我"也不过是为了方便起见的称谓,并非实有其人。我也会信口开河,但其中并非没有些许的真理,这就要你们来细心甄别、去伪存真,要你们来决定,是否也有些话值得牢记在心。倘若没有,你们大可把这些统统丢进废纸篓,把今天的一切统统抛在脑后。

接下来就说说一两周前的事,那是在十月的一个好天气里,我(姑且叫我玛丽·伯顿,玛丽·希顿,玛丽·卡米克尔,或是随便什么你们中意的名字——这无关紧要)坐在河边,陷入了沉思。刚刚说到我肩上的重负,就是妇女与小说这个主题,还要为这个一说起来就会引出各种成见和偏爱的主题下一个结论,这压得我抬不起头来。在我的两旁,生长着一丛丛不知名的灌木,金黄与绯红的色彩,斑驳而闪亮,看上去仿佛燃烧跳跃的火焰。对岸,杨柳垂绦,随风拂动,在永恒的哀婉中轻声啜泣。河水随心所欲地将天空、桥,还有河边那燃烧的树丛映在自己的怀中。那位大学学子划船而过,倒影成了碎影,又合拢起来,一切如初,好像他从未经过。人们似乎可以从早到晚地坐在那儿,沉浸在自己的思绪当中。思考——让我们不妨冠之以一个更加堂皇的名字——像鱼线投入到这涓涓的溪流之中,一分钟又一分钟,在倒影和水草间晃动,随波逐流,随之沉浮,直到——你们知道,就这么一拉——猛然间,线的另一头一沉,一团思想便上了钩。接下来,便要小心翼翼地收线,还要小心翼翼地将之理清排顺。哎呀,原来放在草地上,我的这么个思想,看上去不过是条无足轻重的小鱼,小到精明的渔夫会把它丢回河里,好让它长得更大些,直到有一天,可以下锅上菜,让人大快朵颐。现在,我还不会拿这个思想来让你们伤脑筋,不过,如果你们留心,还是可以从我接下来的说辞中,察觉到它的存在。

但不管它有多小,都仍和它的同类一样,充满了神秘:一把它放回到脑海里,就变得那么令人激动,而且意义非凡了起来;它时而猛地一头扎进水底,时而东游西窜,搅起一阵阵思想的湍流,让人坐也坐不安宁。所以,我才不知不觉中就健步如飞地踏进了一块草坪。顷刻之间,一个男人的身影便站到了我的面前,截住了我的去路。一开始我也没能明白,这个身上套着件白天穿的燕尾服,里面搭了件配晚礼服穿的白衬衫,看上去稀奇古怪的家伙,原来是在冲我指手画脚。他一脸的恐慌和愤怒。幸亏直觉而不是理性提醒了我,他是个学监,我是个女人。这儿是草坪,而路在那边。只有研究员和学者可以踏上这里,碎石小路才是留给我的。这些念头在我的脑海里瞬间闪过。等我回到了那条小路上,学监的手才放了下来,脸色也恢复了往日的平静。草地是要比碎石小路好走得多,但在我也没有什么大碍。不管这里的研究员或是学者来自哪所学院,我唯一能对他们提出控诉的,就是为了保护他们的草皮,这片被踏在脚下有三百年之久的草皮,他们把我的小鱼吓得不知道躲到哪里去了。

那是一个什么样的想法,竟让我如此大胆地擅闯禁地,现在我是记不起来了。心灵的安详就像云朵从天而落,要是这心灵的安详会落到什么地方去的话,那准是在十月的这个美好清晨,落到了牛桥那边的庭院和方形广场中。徜徉在几所学院里那一条条古老的走廊上,眼前的不快似乎也烟消云散。身体内仿佛藏着一个神奇的玻璃橱窗,没有声音能传进来,而心灵,也摆脱了事实的纠葛(除非你又闯入了那片草地),可以沉静下来,陷入到与此时此刻正相宜的任何一种沉思里去。不经意间,偶然记起的某篇旧文中提到的假日重游牛桥的经历,又让我想起了查尔斯·兰姆①——萨克雷把兰姆的一封信放在了额头上,称其为圣查尔斯。确实,在死去的先人中(我想到哪儿,就跟你们说到哪儿),兰姆是最和蔼可亲的一位,会让人想要对他说,"那么,告诉我你是如何写随笔的吧?"因为在我看来,他的随笔比马克斯·比尔博姆②写得还要好,虽然比尔博姆的随笔,每一篇也已尽善尽美,但他那狂野的想象力、行文之中时而迸发出的天才的灵光,为它们又添上了瑕疵与缺陷,不过,倒也处处闪现出诗意。兰姆大概是在一百年前来到了牛桥。当然,他写下了一篇随笔——名字我记不得了——记下他在这里看到了弥尔顿一首诗的手稿。那首诗大概是《黎西达斯》③,而兰姆写道,当他想到《黎西达斯》中的每一个字原本都可能并非像现在这样,不禁大吃了一惊。弥尔顿对这首诗进行了改动,在兰姆看来,这样的事情连想一想都是一种亵渎。而揣测一番哪个词大概被弥尔顿更改了,又是出于什么道理,在我却是乐趣,所以我也在脑海中回忆着这首诗。然后我便想到,那份兰姆看过的手稿近在几步之遥,倒可以追随着兰姆的足迹,穿过方形广场,到那座有名的图书馆,便可以一睹珍藏在那里的那件宝贝。而且,在我把这个想法付诸实

---

① 查尔斯·兰姆,Charles Lamb(1779～1848),英国随笔作家。此处的旧文,指的是兰姆的散文《假日中的牛津》(Oxford in Vacation),文中脚注提到了手稿。

② 马克斯·比尔博姆,Max Beerbohm(1872～1956),英国漫画家、作家。

③ 《黎西达斯》,Lycidas,弥尔顿为悼念亡友所作哀歌,手稿存于剑桥三一学院。

施的时候，我还想到了，就在这座著名的图书馆里，还保存着萨克雷的《艾斯芒德》①。评论家们常把《艾斯芒德》誉为萨克雷最完美的小说。可在我的记忆里，这本书矫饰的文风，加上其对 18 世纪写作风格的模仿，只会让人束手束脚，除非在萨克雷看来，18 世纪的风格真算得上自然——这要看一看手稿，看看萨克雷是修饰了文风、还是丰满了文意，也许就可以得到证实。可那要分得清什么是文风、什么是文意才可以，这个问题——不过，想到这儿，我已经站到了通往图书馆的大门前了。我一定是打开了那扇门，因为立刻便有一位银发苍苍、看似和善的先生不以为然地拦住了我，就像是一位守护天使堵住了我的去路，只是他张开的并非一双白翼，而是一袭黑袍。这位先生冲我挥了挥手，示意我回去，并且语带遗憾、声音低沉地告诉我，女士不得入内，除非有学院的研究员陪同或是能提供介绍信。

　　一个女人的诅咒，对一座有名气的图书馆来说，自然是无足轻重。它把宝贝全都紧紧锁在怀里，一副德高望重、若无其事的样子，志满意得地睡去了，而且对我而言，还将永远这么沉睡下去。我一边怒气冲冲地走下台阶，一边赌咒发誓，我永远不会来打扰它的清梦，永远不会再请求它的款待了。还要一个小时才该吃午饭，那我还能做些什么呢？在草地上散散步？到河边去坐坐？这当然是个秋高气爽的早晨，红叶飘落满地，散步或是坐坐，都不是什么苦事。不过一阵音乐声恰好传到了我的耳朵里。是在做礼拜或是正在举行什么庆典。当我走至门边，小教堂里的管风琴哀怨地奏响了恢宏的曲目。那基督门徒的哀悼，从如此安宁

---

① 《艾斯芒德》，Esmond，即《亨利·艾斯芒德》，萨克雷所著历史小说。

静谧中传来,更像来自记忆,而不是哀悼本身了。甚至那古老管风琴的哀鸣,也融入了这片恬静。我并不想推开门走进去,即使我有这样的权利,教堂的执事恐怕也会来把我拒之门外,向我索要受洗证明或是地方主教开具的介绍信了。不过这些宏伟建筑的外观之美与其内观相比,通常毫不逊色。何况,教众的集会看上去就够可笑,他们从小教堂的大门进进出出、忙个不停,就像一群蜜蜂拥在蜂巢的洞口。他们多数身披长袍、头戴方帽,一些肩上披着毛皮制成的穗带①,另一些被用轮椅推了进去。还有些,虽然人还未过中年,但脸上已起了褶子,为压力所迫,变成奇形怪状的一团,让人想起水族馆的沙滩上费尽力气爬上爬下的那一只只硕大的螃蟹和龙虾。我斜倚在墙上,眼中的大学确实像处庇护所,稀有物种尽在其中,要是把他们全丢在了斯特兰德大街②的人行道上任他们物竞天择,恐怕不久就全都要一命呜呼了。我又想起了那些老学究的陈年旧事,在我鼓起勇气吹响口哨之前——过去听人说,只消口哨一响,那些老教授立刻就会撒腿飞奔——这些可敬的教众早已进了教堂,只留下小教堂的外墙以供观瞻。你们也知道,那高高的穹顶和尖塔,每逢夜晚点亮了灯盏,几英里之外都可以看得分明,甚至连高山也挡不住,就像远处行驶着一艘航船,却从不靠岸。不妨设想一下,曾几何时,这块草坪齐整的方形广场,连同其宏伟的建筑和那座小教堂一起,不过是片沼泽地,也曾荒草萋萋,任由猪儿拱土刨食。我以为,想必有一队队的牛马从遥远的乡村拉来一车车的石头,然后又费了千辛万苦,自下

---

① 剑桥的着装中就有方帽、长袍,垂巾上还饰有兔毛。

② Strand,伦敦的繁华街道,以其剧院、酒吧著称。

而上一块挨一块地砌就,我才得以倚在这灰色的长石旁遮荫纳凉。还有画师携来玻璃装窗,泥瓦匠几百年来在穹顶上忙碌,带着泥刀铁铲,涂抹油灰水泥。每逢周六,必定有人从皮制的钱袋里把金币、银币倒进那些工匠们攥紧的手里,好让他们也能在酒水和九柱戏中换得一夜的快活。我想,那金币银币必定如流水般源源不断涌进这庭院里来,好让石头一车车运来,泥瓦工人一天天忙碌,平地、挖沟、掘地,还要凿渠。但那时还是信仰的年代,万贯的钱财滚滚而来,让这些石头根基深厚,而当长石砌成了石墙,又有银两从国王、王后以及王公贵族的腰包里流淌出来,以确保这里颂歌长传、诲人不倦。土地有人赏赐,俸禄有人供给。而当理性的时代①来临,信仰的时代一去不返,金币银币依然长流不息,既增设了研究员的位子,又添加了讲师一职,只是那掏腰包的,不再是国王,换作了商人和厂主,换作了,嗯,靠着工厂赚了大钱的人,他们立下遗嘱,分出大笔的钱财,添置了座椅,请来更多的讲师和研究员,当作对大学的回报,毕竟,他们是在这儿学到了本事。于是,便有了图书馆和实验室,便有了天文台,便有了昂贵而精密的部件组装成的优良设备,如今正放在玻璃架上。而这里,几百年前,也曾荒草萋萋,任由猪儿拱土刨食。我绕着这庭院信步走去,毋庸置疑,脚下金币与银币夯实的地基似乎已足够深厚,供人行走的路面也已结结实实地铺在了那荒草之上。头顶盘子的男人们匆匆忙忙地从一个楼梯走上另一个楼梯。窗口的花坛里,艳丽的花朵正在绽放。屋内传来留声机刺耳响亮的旋律。一切都不容得你不去沉思——且不管想到了什么,也只能到此为

---

① The age of reason,多指英、法两国的 18 世纪。

止了。钟声响了。到了该去吃午饭的时间了。

让人好奇的是，小说家总有办法让我们相信，午餐会让人回味，想必是有人在餐桌上说了什么俏皮话、做了什么高明的举动。但对于吃了些什么，他们却只字不提。避而不谈鲜汤、鲑鱼和乳鸭，已经成了小说家的祖传家训之一了，就好像鲜汤、鲑鱼和乳鸭根本就无关紧要一样，就好像从没有人吸上过一口雪茄、或是喝过一杯红酒一样。不过，我要在这里不客气地挑战一下这些祖传家训，要跟你们说一说，这一顿午餐先上的是比目鱼，盛在一口深沿儿大碗里，学院的厨师在上头浇上了雪白的奶油，只零星露出些褐色，像雌鹿两肋的斑点。随后上来的是鹧鸪，但你们要是以为这道菜不外乎一两只褪了毛、黑糊糊的飞禽，那你们可就大错特错了。一道菜上了这么多只鹧鸪，色泽各异，口味也不同，一并端上的，还有酱料和沙拉，辛辣搭配了香甜，各有各的次序。配菜里的土豆，薄如分币，不过自然没那么硬。而球芽甘蓝的叶子，好像玫瑰的花苞，不过要鲜嫩多汁得多。我们的烤鹧鸪和配菜刚刚用完，那位静候一旁的男仆，或许就是学监本人，只是面目表情和颜悦色了许多，便将餐后的甜点端了上来，餐巾点缀在四周，宛若浪花簇拥着白糖。把它叫做布丁，免不了让人想到大米和淀粉，这未免失之不敬。而一餐之间，玻璃杯中的酒，空了又满上，杯中的酒色，交错在淡淡的黄与浓烈的红之间。小酌几杯之后，从我们灵魂的栖息之地——脊柱中央，燃起了一团火焰，不是那种刺眼的、电光火石般的灵光，那只在我们谈吐的唇舌间闪现，而是一种更深邃、更晦暗也更隐秘的理性之火，在人与人的交流中，燃起熊熊的金色火焰。不必行色匆匆，不必光芒四射，不必成为别人，只需做自己。我们都会升天,而范戴克①也会与我们一起——换句话说,生活是多么美好,而其回报又是多么甘甜,东埋西怨太过微不足道,唯有友谊相伴、志同道合才令人艳羡不已,就像现在,点上一支好烟,靠在软垫上,坐在窗边。

　　要是手边正巧放着一个烟灰缸,要是不必随手把烟灰弹出窗外,要是事事都稍有不同,我又怎么会看到,譬如说,一只没了尾巴的猫。看着这闯入我眼中、短了一截的小东西轻柔地穿过那方形广场,一时间触动了我的心弦,心境也变得不同,就像有人投下了影子,改变了光线的明弱。或许那美酒已让我不胜酒力。我看着那只曼岛猫②停在了草坪的中央,似乎它也在思索万物,的确,是少了些什么,有了些不同。但少的是什么,不同的又是什么,我一边听着旁人的交谈,一边问自己。为了能回答这个问题,我不得不想象着自己离开了这个房间,回到了过去,确切地说,是回到了战前,来到了另一场午餐会,就在离这儿不远处的几间屋子里,但那是截然不同的一番景象了,全都变了样。这时,交谈正在宾客间继续,来客不少,都很年轻,有女人,也有男人。一切都很如意,融洽的交谈,轻松而风趣。与此同时,我把那另一场谈话做了参考,将眼前的交谈与之对照,两相比较,我便毫不怀疑这其中的一个是另一个的后裔,是其合法的继承人。没有任何改变,没有任何不同,除了我站在这里竖起了耳朵,但我却不是去听他们在说些什么,而是在听那交谈之外的低沉声音,或是说,气流而已。没错,就是这个——不同就在这里。在战前这样的午餐会上,人们聊的话题和

---

① 范戴克,Vandyck(1599~1641),比利时画家,英王查理一世时任宫廷首席画家。
② Manx,曼岛,一译马恩岛;曼岛猫是一种无尾猫。

如今并无二致，可他们说起话来，语气却大不相同，因为那时，他们的腔调里有一种低沉的共鸣，并非吐词清晰，而是略带些吟唱，听上去就连那些词句都变了味道，让人兴奋。难道我可以给字句配上共鸣吗？或许这要借助于诗人的力量。在我身旁放着一本书，我信手翻开，不经意翻到了丁尼生。这里，我听到丁尼生在吟唱：

> 一滴晶莹的泪珠落下
>
> 是那门前怒放的西番莲花。
>
> 她来了，我的白鸽，我的爱人；
>
> 她来了，我的生命，我的年华；
>
> 红玫瑰叫得响亮，"她近了，她近了"；
>
> 白玫瑰在啜泣，"她来迟了"；
>
> 飞燕草在倾听，"听到了，听到了"；
>
> 还有百合，细语轻轻，"我在等待"。①

那就是战前男人们在午餐会上的吟唱吗？那女人呢？

> 我的心房，像歌唱的鸟儿
>
> 它的巢筑在挂满露水的新枝；
>
> 我的心房，像一株苹果树
>
> 弯下的枝上缀着累累的果实；
>
> 我的心房，像七彩的贝壳
>
> 静谧的海湾曾是我嬉水的地方
>
> 我心中的欢乐胜过这所有一切

———————

① 诗文为丁尼生长诗《莫德》中选段。

因为我的爱人已走近身旁。①

那就是战前女人们在午餐会上的歌唱吗？

一想到人们沉吟着这样的字句，甚至是在战前的午餐会上，男男女女还在喃喃作唱，我不禁觉得滑稽可笑，便忍不住笑出了声来，只好指着草坪中间的那只曼岛猫来托词自己的笑声，那可怜的小东西没了尾巴，看上去确实有点不合情理。是它生就这副模样，还是事出意外才掉了尾巴？虽然有人说，曼岛上就有这种无尾猫，可其实要比想象中少得多。这是一种奇怪的动物，与其说它美，倒不如说是新奇。一条尾巴就可以有如此不同，真让人匪夷所思——你们也知道，那不过是等到午餐会曲终人散，大家各自去取大衣、帽子时所说的一类话。

这顿午餐，因为主人的盛情款待，一直吃到了将近黄昏。十月的艳阳已经西沉，我走在林荫道上，秋叶从树上纷纷落下。一扇接着一扇的大门似乎都在我的身后关闭，虽然轻柔但也坚定。无数个学监将无数把钥匙塞进油润的锁眼里，宝库又将安然无恙地睡过一夜。林荫道外是一条大街，——我忘记了它的名字——只要你不曾转错弯，就会一直通往芬汉姆学院。不过，时间还尚早。晚餐要到七点半后。而刚刚吃过这样一顿午餐，大可不用再吃晚饭了。奇怪的是，依稀记得的几句诗行，也让双脚踩着诗歌的行板一路走下来。那些字句——

一滴晶莹的泪珠落下

是那门前怒放的西番莲花。

——————————

① 诗文为罗塞蒂所写《生日》一诗中选段。

> 她来了，我的白鸽，我的爱人——

在我的血液中歌唱，而那时，我正快步朝着海丁利走去。然后，在河水拍上了堤堰的地方，我的脚下换了不同的音步，唱道：

> 我的心房，像歌唱的鸟儿
>
> 它的巢筑在挂满露水的新枝；
>
> 我的心房，像一株苹果树……

多么伟大的诗人啊，我放声呼喊，像人们在夕阳将尽的时候会做的那样，他们是多么伟大的诗人啊！

或许，在我的赞美之中，也夹杂着些许的嫉妒，那是为我们自己的时代。尽管这样比较愚蠢和可笑，可我还是想知道，平心而论，真有人能说出两位在世诗人的名字，一如那时的丁尼生和克里斯蒂娜·罗塞蒂那般伟大？河水在我面前泛起浪花来，显而易见，在我的心里，他们是无与伦比的。所以诗歌可以让人心醉、让人痴狂，就在于它所唱诵的，是那些我们也曾拥有的情感（也许是在战前的午餐会上），如此熟悉，如此轻易，不必再三琢磨，不用与此时此刻的任何心情相比，我们的心弦便被拨动了。而如今诗人的歌谣里，却只是唱着那在我们心底生造出来、又生生剥去，转瞬即逝的感情，让人难于一眼认出，出于某种原因，也让人心生畏惧，不愿面对。每每读到，也迫切地将之与熟悉的往日情怀一一对照，又不免心生妒忌而疑虑重重。这就是现代诗读来难懂的原因，也正是出于这种困难，谁还记得住两行以上的诗句，即使那也出自一位大诗人。因此——我的记忆力也有所不及——拿不出什么材料来佐证我的说辞。但又是为何，我一面继续朝着海丁利走去，一面问自己，我们的午餐会上，再没有人低声沉吟了呢？为何阿尔弗雷德不再吟唱：

> 她来了，我的白鸽，我的爱人。

为何克里斯蒂娜不再应和：

> 我心中的欢乐胜过这所有一切
> 因为我的爱人已走近身旁？

我们是否可以将之归咎于那场战争？当 1914 年 8 月的枪声响起，难道男人和女人的面庞就在彼此的眼中变得索然无味，而将浪漫从此扼杀？在炮火中看到我们的那些统治者们的嘴脸，真是让人大吃一惊（尤其是对那些心存幻想，希望能读书受教凡此等等的妇女而言）。那副嘴脸真是丑陋——德国的、英国的、法国的——真是愚蠢。但不管我们将之归咎于哪里，归咎于谁，那曾燃起了丁尼生和克里斯蒂娜·罗塞蒂的热忱，让他们为爱人的到来如此忘情歌唱的幻象，跟那时比，已所剩无几。我们只能去阅读，去观察，去倾听，去回忆。但为什么要说"归咎"呢？如果那是幻象，为何不去称颂那场浩劫？且不去管他是什么，因为幻象破灭了，真相才会取而代之。因为真相……这些省略号记下的，是我在寻找真相时，在哪里错过了通往芬汉姆的岔道。是的，没错，我问自己，究竟什么才是真相，什么又是幻象呢？譬如说，关于这些房屋，什么才是真相，是此刻，薄暮映红窗、朦胧而喜庆，还是上午九点钟的时候，散落的甜点、乱丢的鞋带，粗砖红墙一片肮脏呢？还有那柳树、长河、沿岸的花园，此刻正隐约在雾色的缭绕中，但若艳阳普照，便会满目金灿灿、红彤彤——它们的真相和幻象又是什么呢？我不用你们为我心底的纠结辗转而大伤脑筋，因为向着海丁利一路走来，我也并没能得出什么结论,只是要请大家相信。很快我便发现自己转错了弯,就又回到通往芬汉姆的正道上了。

我已经说过,这是十月的一天,我还不敢更换了季节,去把花园墙头上垂下的丁香描写一番,又或是番红花、郁金香或是其他春日盛开的鲜花,生怕自己辱没了小说的美名,让你们也大失所望。小说务必忠于事实,越是真实,小说就越好——我们听到的都是这种说法。因此,就仍是秋天,树叶也依然枯黄、飘落如旧,要是有任何的不同,譬如比以往落得更快,那也是因为夜色已至(确切来说,是 7 点 23 分),微风拂起(确切地说,是一阵西南风)。但虽说如此,总有些什么不妥之处:

> 我的心房,像歌唱的鸟儿
>
> 它的巢筑在挂满露水的新枝;
>
> 我的心房,像一株苹果树
>
> 弯下的枝上缀着累累的果实——

或许是克里斯蒂娜·罗塞蒂的诗句,在某种程度上让我们被幻象蒙蔽了双眼——这一切当然不过只是幻象——花园的墙头丁香摇曳,黄粉蝶飞来飞去、翩翩起舞,还有漫天的花粉一同飘扬。一阵风不知从哪里吹来,却掀起了新嫩的叶子,于是,那漫空中便闪闪地亮起了银灰色的光芒。正是夕阳沉下、夜色初起的时分,色彩更近浓郁,每一扇窗上紫色的火焰与金色的火光交织在一起,就像激动的心房,跳动不已。不知为何,世间的美一时间喷涌而出,却又倏忽而逝(这时,我推开花园的大门径直走了进去,一定是有人大意了,门没有上锁,而学监也不在附近),那即将逝去的世间之美,有如利刃的两面,一面惹人笑,一面惹人怒,把心切成了碎片。

芬汉姆学院的花园沐浴着春天的暮光,在我面前一览无余,那里荒芜空旷,萋萋长草间,星星点点的黄水仙和蓝铃花肆意地生长,或许,即便是最美的花期它们也依旧纷乱如此,何况现在疾风吹拂,它们更是摇曳多姿,似乎与地下的根在一较劲力。那建筑上的窗子,错落有致,仿佛是轮船上的窗,浮沉在红砖卷起的浪花间,春天的浮云匆匆掠过,不时在窗上投下影子,让它一会儿映着辉煌,一会儿蒙了灰妆。有人正睡在吊床上,还有人,在这昏暗的光线中,那都是些朦胧的影子,我似乎是看到了,又像是幻觉,从草坪上匆匆跑过——没有人把她拦下吗?——接下来从阳台上探出了一个身影,像是出来透口气,顺带看一眼花园,衣衫那么朴素,前额如此饱满,为人谦卑,也让人敬畏——那会不会就是那位著名的学者,会不会就是J—H本人①?一切都那么暗淡,却也如此强烈,似乎黄昏为花园笼上的薄纱已被星辰或是利刃划成了碎片——那是可怕的真相露出的锋芒,它从春天的心田里一跃而出。因为青春——

　　我的汤上来了。晚餐就设在大餐厅。其实,这是十月的夜晚,离春天还尚远。大家都集中在大餐厅里。晚餐已经准备好了。汤端上来了。就是那种清淡的肉汤。看上去平淡无奇,毫无诱人之处。汤清得可以见底,若是盘子底儿绘了什么图案,那也看得一清二楚。可惜连盘子也那么平淡无奇,什么图案都没有。接着端上来的是牛肉,配了青菜土豆——家常菜里最常见的三样搭配,让人想起周一的早晨,妇女们提着编织袋,走进满地泥泞的菜市场,在挂着的后臀肉前,或是对着叶边儿卷曲带些枯黄的卷心菜,讨价

---

① J—H,这里伍尔夫指的是 Jane Harrison(简·哈里森),文化人类学家、古典学者,剑桥学派"神话—仪式"学说的创立者。为伍尔夫所仰慕。

还价直到便宜了几分。既然供应充足,没有理由去抱怨我们日常的三餐,不用说,煤矿工人吃的还不如这些。梅子和蛋奶糕随后也上来了。若是有人抱怨,梅子即便是和蛋奶糕一同下咽,也还是没营养的蔬菜(它们算不得水果),它们像守财奴的心脏一样多筋,渗出的汁液也像来自守财奴的血管,他们一辈子也舍不得喝酒、舍不得穿暖,更舍不得拿去接济穷人,这抱怨的人也该想到,毕竟还有些人慈悲为怀,连梅子也能接纳。下面上来的是饼干和乳酪,水罐便开始频繁地在人们之间传来传去,因为饼干本来就是干的,何况这饼干又干到了骨子里。这就是全部了。晚餐到此结束。每个人都支支扭扭地把椅子从桌旁推开,旋转门来来回回地转个不停,不消一会儿,大厅里就收拾一空,再也找不到一丝饭菜的影子,毫无疑问,明天的早饭已经准备就绪了。走廊里、台阶上都可以看到英格兰的青年们,一边打打闹闹,一边放声歌唱。而一位客人,一个外人(因为我在这儿,芬汉姆学院,和三一学院、萨默维尔、格顿、纽汉姆或是基督堂学院相比,也并无权利可言),能不能说上一句,"晚餐一点儿也不好",或是说(我们现在,我和玛丽·席顿,正在她家的客厅里),"我们不是能在这里单独享用晚餐吗?"因为要是说出了这样的话,我就已经是在暗中打听,想弄明白这间房子里人家的经济情况了,在外人看来,这房子如此美丽,充满了欢笑和勇气。不,这样的话可不能说出来。说真的,谈话一时间变得索然无味了。人体结构就是如此,心脏、身体还有大脑浑然一体,并非一个个分开来装在不同的地方。毫无疑问,即使再过上千百万年也还是这样,所以,若要交谈得愉快,吃得好坏至关重要。一个人要想头脑清醒、爱情甜蜜、睡眠甜畅,若是吃不好,决然办不到。牛肉和梅子点不亮那心灵栖所的灯光。我们大概都会升天,而范戴克,我们希望,就在下一个街角等着我们。这就是一日辛劳后,靠着牛肉和梅子滋养出来的心灵:将信将疑,还有诸多限制。让人高兴的是,我这位传授科学的朋友,橱柜里还有一坛酒,几盏小巧的杯子——(可惜没有了鲑鱼和鹧鸪来开胃)——我们才得以围坐在炉火旁,让一天生活里所受的伤害也有所慰藉。没要两分钟,我们的话匣子便打开了,你一句我一句,左不过是那没来的人激起的好奇和关心,再次相聚也无非如此——怎么有人结了婚,另一个却还没;这个人这么想,那个人那么想;谁也想不到有人会飞黄腾达,有人却每况愈下——话一开了头,就难免会落到揣测人性并对我们所处的大千世界评头论足上去。虽然嘴上还在对这些议论纷纷,我已经暗自羞愧起来,因为心里的念头早已另起了炉灶,任由着自己的思绪飘向了另一个方向。你可能提到了西班牙或是葡萄牙、在谈论书籍或是赛马,但不管说了些什么,其实都并非你的兴趣所在。吸引你的,是五百年前,泥瓦匠们在高耸的屋顶上忙碌的画面。国王和贵族带了大袋大袋的钱财倾倒在土地上。这样一幅画面总会生动地浮现在我的心中,而在这画面之外,我还看到了皮包骨头的母牛、泥泞的菜市场、干枯的青菜还有老人那满是筋络的心——这样两幅画面,既不相关也无联系,看上去都有些荒诞可笑,却总是一道出现、争先恐后,无可奈何之下,我也只得听之任之。最好的做法,只要不会让交谈变了味,莫过于把我心里的画面和盘托出,要是运气好,就会像先王的头骨,它们在温莎古堡的棺墓打开时,便褪色、破裂了。于是,我便三言两语地告诉了席顿小姐,那些年来泥瓦匠们一直在小教堂的屋顶忙碌,还告诉她,国王、王后还有王公贵族们扛了整袋的金币银币在肩上,又一铲一铲地把它们埋进了土地;在我们自己的时代,那些金融大亨又是如何把支票和债券,我是这样以为的,投进了别人曾经藏金埋银的地方。而这些,我告诉她,全都长眠于那几所学院之下。但是,我们身处其间的这所学院,她那雄伟的红砖和花园中未经修刈的野草下,又埋藏着什么呢?在我们餐桌上那平淡无奇的瓷盘后面,还有(我还没来得及停下,就已经脱口而出了)那牛肉、蛋奶糕、梅子的后面,又是什么样的一种力量呢?

对,玛丽·席顿说,那大概是 1860 年吧——哦,这事儿你也知道,她这样说,大概是说的次数多了,听上去有些不耐烦。然后她告诉了我——房间原本是租来的。委员会碰了面,信封上写了几个地址,公告就贴了出来。会议接踵而至,一封封信被宣读,某某人许下了重诺。而相反,某先生连一个子儿也没给。《星期六评论》口下可不留情。我们去哪里筹笔钱来租下办公室?我们要不要搞个义卖?就不能找个漂亮姑娘来撑撑门面吗?去看看约翰·斯图尔特·穆勒①对这事儿是怎么说的吧?有没有人能说服某报的编辑把这一封信刊登出来?我们能不能找来某夫人为这封信落款签名?某夫人出城去了。六十年前,事情就是这样办成的,付出的汗水非比寻常,耗费的时间也如此之长。长期斗争、几经周折才筹来了三万英镑。② 显而易见,她说,我们喝不上美酒,吃不上鹧

---

① 约翰·斯图尔特·穆勒,John Stuart Mill(1806～1873),英国哲学家、经济学家、早期女权主义者。

② "人家跟我们说,至少应该要三万英镑……考虑到整个大不列颠、爱尔兰加上所有的殖民地,这样的学院就只有这么一所,这根本算不上大数目,再想想,一所男子学校筹得天文数字的巨款也都是轻而易举的事情。但一考虑到就只有那么几个人真的希望妇女去读书,这还真是笔大数目了。"——史蒂芬夫人,《艾米莉·戴维斯小姐生平与格顿学院》。——原注

鸹,没有头顶托盘的男仆,也没有沙发和单独的房间。"安逸舒适,"她从某本书上引述了这么一句话,"还是再等等吧。"①

一想到那些妇女,年复一年辛勤劳作也难以赚到两千英镑,却竭尽所能地筹来了三万镑,我们忍不住要义愤填膺地疾声呐喊,来谴责女性的贫困处境。我们的母亲那时都做什么去了,一笔钱也没给我们留下?忙着涂脂抹粉吗?是在盯着商店的橱窗吗?还是在蒙特卡罗的艳阳下招摇过市?壁炉台上挂着几张照片,玛丽的妈妈——要是那就是她的话——也许有了些闲余,便用去享乐了(她和教堂里的一位牧师生了十三个孩子),可真要是这样,那些铺张享乐的生活,又不曾在她的脸上留下多少欢乐的痕迹。她看上去平淡无奇,是位老太太,包在一块格子花披肩里,用一枚大胸针扣了起来。她坐在柳条椅中,哄着一只长耳猎犬向镜头看,看上去乐在其中,却又有些紧张,因为她知道只要闪光灯一闪,她的猎犬准会直扑上去。若是她当初从商,做了丝绸制造商,或是证券市场上的大亨;要是她为芬汉姆学院留下了二三十万镑,今夜会变得何等安逸,而我们的话题,也会变作了考古学、植物学,或是人类学、物理学,可以探讨原子的属性,研究一下数学,说说天文、聊聊地理,还有相对论。只要席顿夫人还有她的母亲,还有她母亲的母亲,都学会了赚钱的伟大艺术,并像她们的父亲与祖父们先前所做的那样,把自己的钱财留下,专为女同胞们设置研究员和讲师职位、设立奖金和奖学金的话,我们就可以从容不迫地在这儿单独享用上一顿飞禽和美酒,可以理直气壮地去憧憬生活,在某种慷慨捐

---

① "能刮来的每一个子儿,都被留作盖楼了,安逸舒适,都等以后再说吧。"——R·斯特里奇,《事业》。——原注

赠的职位里,尽享荫庇,愉快而体面地度过一生。我们或许正在探险,或是在写作,在迤逦的风光中信步游荡,坐在帕台农神庙的阶梯上沉思,或是早上十点钟去坐坐办公室,下午四点半舒舒服服地回家写上一首小诗。只是,如果席顿太太们从十五岁起就开始经商的话——这个论点的困难就在于——那就不会有玛丽了。我便问玛丽对此有何看法。从窗帘的缝隙往外看去,十月的夜晚静谧而甜美,渐渐枯黄的树木之间,闪亮着一两颗星星。她会不会愿意牺牲眼前的良辰美景,也牺牲她对苏格兰的回忆,那里的嬉戏和争吵(那是多么幸福的一家人,虽然是一大家人),那里让她赞不绝口的清新空气和可口的糕点,来换得芬汉姆学院那大约五万英镑的捐赠,只需她动一动手中的钢笔呢?须知,若要有钱捐给学院,势必要以家庭的牺牲为代价。既要赚大钱,又要生养十三个孩子,绝没有人可以做到。想想这些事实吧,我们说道。先要十月怀胎,才能生下孩子。一朝分娩后,还要喂上三到四个月的奶水。哺乳期过了,又要花上大约五年的时间来陪伴孩子嬉戏玩耍。似乎也不能放任孩子们满街乱跑。有人在俄国看到过四处撒野的孩子,便告诉我们,这一点儿也不讨人喜欢。人们还说,从一岁到五岁,正是人性形成的时期。我便问道,要是席顿太太一直在忙着赚大钱,那些嬉戏和争吵会变成什么样子?苏格兰在你心中又会变成什么形象,还有那里清新的空气、可口的糕点,以及其他一切?只可惜这些问题并无意义,因为如果这样的话,你也就根本不会来到人间。更何况,如果席顿太太和她的母亲,以及她母亲的母亲积攒了大量财富,埋在了学院和图书馆的地基之下,结果会是怎样,这个问题本身同样毫无意义。因为,首先,她们不可能去赚钱,其次,即使她们有可能赚到了钱,法律也拒不承认她们有权利把这些赚来的钱归为己有。席顿太太的钱包里装进了自己的一便士,也不过是最近四十八年来才发生的事情①。而在此之前的千百年来,那一直都是她丈夫的财产——而席顿夫人和她的母亲,以及她母亲的母亲一直都被证券交易所拒之门外,这种想法大概也难辞其咎。她们大概会说,我赚的每一分钱,都被拿走交给了我的丈夫,任由他的如意算盘来量入为出——或许就拿去了贝利奥尔学院、国王学院,设了个奖学金、添了个研究员的职位。所以说赚钱,即便我可以去赚钱,也提不起我多大的兴趣。还是让我丈夫去操这个心吧。

无论怎样,且不去提该不该责怪那位忙着照看猎犬的老太太,毋庸置疑的是,出于某种原因,我们的母辈把自己的事情打理得一团糟。一个子儿也拿不出来以供我们"安逸舒适",更别提让我们吃得上鹧鸪,喝得到美酒,请得起学监来护理草坪,读书、抽雪茄,去图书馆和拥有闲暇时光。在这荒芜的土地上建起光秃秃的墙壁,已经尽了她们最大的努力了。

我们就这样倚在窗前谈天说地,俯瞰着下方,和每晚千万双眼睛一样,注视着这座名城里的穹顶和尖塔。在深秋的月色下,它们如此美丽,又如此神秘。古老的石墙洁白而庄严,让人想起那儿收藏的书籍;想起老主教和伟人们的画像,挂在木雕饰壁之上;想起斑斓的窗子,在地面上洒下圆圆的繁星和弯弯的新月;想起匾额、纪念碑还有铭文;想起喷泉和青草,还有方形广场两侧安静的房间。我还想到(请原谅我的这种想法),那令人艳羡的轻烟、美酒和

---

① 伍尔夫在此处指的是 1870 年和 1882 年通过的《已婚妇女财产法案》,该法案允许已婚妇女保有自己挣来的财产。

深深的扶手椅,还有柔软的地毯;想到温文尔雅与端庄体面无不来自奢华、舒适与安逸的生活。这些是我们的母辈不曾为我们提供的——她们连三万英镑都是一个子儿一个子儿挣来的,她们还为圣安德鲁斯大学的教士们生了十三个孩子。

于是,我便走回旅馆。走过那些幽暗的街巷时,我就像一个下了班的人那样左思右想。我在想,为什么席顿夫人什么钱都没给我们留下,贫穷又会给心灵带来什么影响,还有财富带给心灵的影响。我又想到了那天早上见到的那些肩披毛皮穗带、稀奇古怪的老先生们;又想起要是谁吹了声口哨,不知道那位老先生会跑成什么样子;想起小教堂里管风琴的哀鸣,图书馆紧闭的大门;而后又想到了被拒之门外的不快;但转念一想,被关在门内说不定还要等而下之;还想到了男人享有安逸与富饶,而女人却要忍受贫穷和不安,还有传统的有无又在一位作家的心中留下了怎样的影响。最后我想,是时候该把这一天皮肤里的褶皱,还有种种争论、各种印象和这一天中的愤怒与欢笑,统统卷起丢到篱笆墙里去了。茫茫天幕上,千万点星光闪亮。而在一个不可思议的社会中,人人都似乎是形单影只。所有人都睡下了——或仰或卧,悄然无息。牛桥的街头巷尾,也杳无人迹。甚至旅馆大门突然间的开合,也全然看不到推它的双手——连门役也全都睡下了,没有一个来为我掌灯,送我安息,夜已如此深了。

二

现在,要是可以请你们继续听我说的话,场景已经换了地方。落叶依旧纷纷,却已是伦敦,不再是牛桥了。而我必须请你们发挥想象力,设想有这样一间房间,如同其他的千万间一样,往窗外看,越过行人的帽子、一辆辆的货车与轿车,便是对面的窗子。屋内,桌上放着一张白纸,上面只写了几个大字:妇女与小说。遗憾的是,牛桥的午宴和晚餐,似乎让我有了去一趟大英博物馆的必要。唯有把个人的情绪和偶然的几率从这林林总总的印象中一一榨干滤净,才能提炼出纯净的甘露、真理的精油来。因为,牛桥之旅连同那儿的午宴和晚餐,让我心下生出了许多的疑问。何以男人饮酒,而女人喝水?何以一种性别享尽荣华富贵,而另一种却如此寒酸落魄?贫穷之于小说,影响几何?艺术创作,又需要哪些条件?——千般疑问蜂拥而至。但我们需要的是答案,而非问题。而要知道答案,就要去咨询一下博学的先生、公正的大人,他们早就不逞口舌之争、不为身体所惑,而将自己的推理和论断编纂成书、公之于众,陈列在了大英博物馆里。倘若大英博物馆的书架上也找不到真理,我拿起了本子和铅笔,问自己,又要到哪里才找得到呢?

既然准备就绪,既然如此自信,也如此好奇,我就踏上了探寻真理的道路。天虽没下雨,但也阴沉沉的,而博物馆左近的街巷中,那四处可见的地下小煤库,洞口大开,一麻袋一麻袋的煤则在飞泻而下。四轮马车驶来,停在人行道边,卸下一箱箱捆扎结实、兴许是满满一大衣柜的衣物,这一家子大概是瑞士人或意大利人,想在这儿发大财,或是避难,又或许是要在冬天的布卢姆茨伯里[①]

① 布卢姆茨伯里,Bloomsbury,伦敦的一区,布卢姆茨伯里文化圈(Bloomsbury Group)就因之而得名,包括了弗吉尼亚·伍尔夫和她的姐姐,画家瓦奈莎·贝尔,小说家 E·M·福斯特,经济学家约翰·梅纳德·凯恩斯等人。

旅社里,找到件什么想要的东西。嗓音粗哑的小贩照例推着一车车的蔬菜在街道上熙来攘往。有人大声吆喝,有人唱腔十足。伦敦就像一个大作坊,伦敦就像一架织车。我们都不过是在这台车床上前后穿梭,织出某种图案来。大英博物馆就是这工厂里的另一个车间。推开几扇转门,我就站到了那恢宏的穹顶之下,就仿佛思想飘进了宽广饱满的前额,一圈响当当的名字①让这里熠熠生辉。走到借阅台,拿过一张卡片,打开一卷书目,接着……这儿的五个点,分别代表了我倍感惊愕、迷茫而不知所措的那五分钟。你们知不知道,一年之中,有关妇女的书出了多少本?你们又知不知道,这些书中,有多少是出自男人的手笔?你们可知道,说不定,你们是全宇宙里被人争论最多的生物?我已经备好了纸笔,打算在这儿读上一个上午,满心期待读完之后,可以把真理写在纸上。不过,要做到这一点,我得有一群大象和一窝蜘蛛的本领才行,因为众所周知,大象活得久,蜘蛛的眼睛多。另外,我还需要铁爪和钢牙,才凿得开这厚厚的果壳。一页页的卷帙堆积如山,要我怎么才能找得到那么几粒真理的果仁?我扪心自问,绝望之下开始上下打量那长长的书单。即使只有这些书目也值得我去做一番思量。性别与其本质,或许足以吸引医生和生物学家。但令人吃惊、又不得其解的是,性别,其实就是女性,竟然也吸引了令人愉快的散文家,妙笔生花的小说家,那些拿到了文学硕士学位的年轻人,什么学位也没拿到的男人,除了不是女人外,看不出有什么资质的男人。这些书里,有几本,一看便让人觉得浅薄可笑。不过,也有很

---

① 这里是指大英博物馆穹顶周围所刻名人的名字。

多书,态度严肃、颇有先见,寓意深远而又语多劝勉。只是读读书名,便可想而知,曾有多少男教师和男教士,登上他们的讲台或是讲坛,口若悬河、滔滔不绝地就此话题做过长篇大论,以至于通常给予这一话题的时间远远不足以让他们一展才思。这就是最让人觉得奇怪的地方,而很显然——说到这儿,我查阅了字母 M 那一栏下的内容——这一栏中书的内容只限于男性。女人不写有关男人的书——这不仅让我心下宽慰,因为若是要我先把所有男人写女人的书读上一遍,再将女人写男人的书也通读殆尽,那百年方开的龙舌兰大概都要开上两回,我才能开始动笔行文了。所以,我随便选了那么十来本书,便将我的借阅卡放在了铁丝托盘里,坐回我的座位,与一同来寻找真理精油的人一起等待。

我一边思考究竟为何才有了如此让人好奇的差异,一边在一张纸上画起了车轮,这张纸本是英国的纳税人拿来用作他途的。为何男人对女人的兴趣远大于女人对男人的,至少从这份书单上看是这样的,这倒是个非常有趣的事实,而我也开始浮想联翩,开始在脑海中勾勒,那些在书中谈论女人的男人们到底过着怎样的生活。他们是年事已高,还是青春年少,已婚还是未婚,有没有酒糟鼻子,驼没驼背——不管怎样,如此为人瞩目,他们不觉间也有些沾沾自喜,只要他们不全是瘸着腿或是老弱病残——我就这样沉浸在自己的胡思乱想之中,直到一大堆书倾倒在了我面前的桌上。麻烦现在才开始。牛桥的学生想必受过训练、会做研究,自然有办法绕开弯路,将问题径直引向答案的所在,就像羊儿直奔羊圈一样。就像我身旁的这位学生,正埋头抄录着一本科学手册,我敢肯定,每过十来分钟,他便能从中淘出些真金来。他那满意的咕哝声,无疑就是明证。但若是不幸没在大学里受过这样的训练,那问题大概就不再似羊儿归圈,而是成了惊惶的羊群,在一大群猎犬的追逐下,一哄而乱,四散而逃。教授、男教师、社会学家、牧师、小说家、散文家、新闻记者,还有那些除了不是女人外,看不出有什么资质的男人,全都一拥而上,不放过我那个简简单单的问题——女人为何贫穷?——直到这个问题变成了五十个问题,直到这五十个问题跃入了湍急的溪流,被冲向不知何方去了。笔记本上的每一页,都有我匆匆写下的笔记。为了将我的所思所想公之于众,我会把其中一些读给你们听,这一页上用大写字母简简单单写着这样的标题:妇女与贫穷,不过,标题下面写着的是这样一张单子:

中世纪妇女的状况

斐济群岛妇女的习俗

妇女被尊崇为女神

妇女的道德意识较男人更为薄弱

妇女之理想主义

妇女更为勤恳

南太平洋诸岛妇女青春期的年龄

女性之魅力

妇女被作为祭品而奉献

妇女的脑容量小

妇女更为隐蔽的潜意识

妇女的体毛更少

妇女在心智、道德和体格上较男人更低下

妇女对儿童之爱

妇女更长寿

妇女的肌肉有欠发达

妇女的情感力量

妇女之虚荣

妇女之高等教育

莎士比亚之妇女观

伯肯赫德勋爵①之妇女观

英奇教长②之妇女观

拉布吕耶尔③之妇女观

约翰生博士之妇女观

奥斯卡·布朗宁④先生之妇女观……

　　读到这儿，我歇了口气，对，我是在空白的地方又添上了一笔：为什么塞缪尔·巴特勒⑤会说，"聪明的男人从来不会说出他们对女人的看法"？显然，聪明的男人什么也不说。不过，我一边想，一边向后靠在椅子上，抬头仰望着这恢宏的穹顶，飘然而入的思想依然形单影只，而且现在还添上了些许烦恼，这么不凑巧，聪明的男人谈到女人，观点却大相径庭。蒲柏说：

　　女人大都没有个性。

---

① 伯肯赫德勋爵，Lord Birkenhead(1872～1930)，英国著名律师、政治家。

② 英奇教长，Dean Inge(1860～1954)，作家，英国国教牧师，牛津大学神学教授，圣保罗大教堂教长。

③ 拉布吕耶尔，La Bruyère(1645～1696)，法国散文作家。

④ 奥斯卡·布朗宁，Oscar Browning(1837～1923)，英国作家、历史学家，教育改革者。

⑤ 塞缪尔·巴特勒，Samuel Butler(1835～1902)，英国作家。

而拉布吕耶尔却说：

女人爱走极端，跟男人比，不是更好，便是更坏。

他们两个，既是同代人，又都目光敏锐，得出的结论却是针锋相对的。妇女是否有资格接受教育？拿破仑认为她们不够格。约翰生博士的意见正相反。[①] 她们有灵魂，还是没有？野蛮人说她们没有。另一些人则正相反，还认为女人的一半是神，因此对她们顶礼膜拜。[②] 有些哲人认为她们头脑浅薄，另一些则认为她们的思想深邃。歌德称颂她们，墨索里尼则瞧不起她们。但凡读到男人谈及女人之处，他们的议论都莫衷一是。我以为，要从中理出头绪来，是不可能的了，同时，我不无妒忌地看了一眼隔壁的那位读者，他的笔记工整，按着一二三的顺序依次排下，而我自己的笔记本上，左一句右一句，潦草凌乱记下的全是些相互矛盾的言论。这真让人沮丧、心烦意乱，我脸上也觉得无光起来。真理已经从我的指缝间溜走了，一滴不剩。

我还不能就这么回家，我想了想，煞有介事地添上一笔，让妇女与小说这项研究的内容更为丰富：妇女较之男人，身上体毛稀少，或是南太平洋诸岛上，女人的青春期从九岁开始——还是九十岁？——我的笔迹益发潦草难辨了。忙了整整一个早上，要是拿

---

① "'男人知道女人更胜一筹，才选出她们之中最弱者与最无知之辈。倘若男人能放下成见，自然无需担心她们懂的跟他们一样多。'……为了避免对女人有失公允，我还是决定要开诚布公地承认，他在随后的谈话中对我说，他所说的并非虚言。"——鲍斯威尔，《赫布里底群岛旅行日记》——原注

② "古代日耳曼人相信女人身上有神圣之处，也因此，将她们当作大祭司，凡事请教。"——弗雷泽，《金枝》——原注

不出什么更有分量、让人钦佩的东西出来,真是丢人。何况,若是从前我就不能抓住有关 W(为了简洁起见,我用此来称呼女性)的真相,那今后又有什么必要再去为 W 而操心呢?看来,再去向那些学有所专的绅士们求教也不过是白白浪费时间,虽然他们为数众多,博学广识,个个深谙妇女和她们带给政治、孩子、工资或道德的影响,我还不如不曾将他们的书翻开。

不过,就在我沉思的时候,无意中在那原本应该就像我的邻桌一样写下结论的地方,无精打采、毫无希望地画了一幅画。我一直在画一张脸,一幅肖像。这是那位忙着撰写他的传世之作《论女人心灵、道德及体能之低劣》的冯·X 教授的脸孔,他的肖像。我笔下的他对妇女而言可是全无魅力。他身材魁梧,下颌硕大,红彤彤的脸上却长着一双极小的眼睛。脸上的表情,一目了然,他在奋笔疾书时准是情绪激昂,下笔有如投枪,一笔一笔落在纸上,犹如捕杀害虫,可惜即使杀掉了害虫,也未能让他如愿,他一定要能继续屠戮才行。即便是这样,也还有让他怒气冲冲、心烦气躁的理由。是不是因为他的妻子,我一边问,一边看着自己的画。她是不是爱上了一位骑兵军官?这位军官是不是玉树临风、风度翩翩,身穿一袭翻毛皮装?要么按弗洛伊德的说法,是不是他在摇篮里就被某个漂亮姑娘嘲笑过?因为,我想,恐怕在摇篮里,教授的尊容就不那么讨人喜欢。不管为何,总之是惹得这位著书立说、大谈特谈女人的心灵、道德和体能如何低劣的教授在我的勾勒下变得怒气冲冲、丑陋不堪。如此画上几笔画,也算是一种休闲的方式,来为一早上的碌碌无为画上个句号。但常常正是在我们的闲暇、我们的美梦中,真理才从藏身之处显露出来。稍稍运用一下心理学的知识——根本不必拿精神分析的名号以壮声威——看上一眼自己的笔记本,我就明白,这幅怒容满面的教授是在怒气中画就的。就在我胡思乱想之际,愤怒夺去了我的画笔。可我的愤怒又从何而来呢?好奇、困惑、欢愉、厌倦——种种情绪在这个早晨接踵而至,每一样我都可以道出原委。而愤怒这条黑蛇,是不是一直都潜藏其间?没错,这幅素描如是说,愤怒的确潜藏在这诸多情绪之中。毫无疑问,就是那本书、那句话,唤醒了我心中的这条恶魔,就是那位教授的那句女人心灵、道德和体能低劣,我便血脉贲张,面颊滚烫,不禁怒火中烧。这倒没有什么稀奇的,尽管这么做是有点傻。可谁也不喜欢被别人说成天生就比某个小男人还要低劣——我看了一眼身旁的那个男学生——他喘着粗气,打着系好的领带,看上去两个星期都没刮胡子了。人人都有些愚蠢的虚荣心。这只是人之天性,我一边想着,一边画起了车轮,一圈圈绕着教授的那副怒容,直到教授的那张脸看上去就像是烧着了的灌木丛,或是一颗熊熊燃烧的彗星——不管怎样,那已经不成人样、没有人类特征了。这位教授现在不过是汉普特斯西斯公园①上烧着了的一把柴火。不一会儿我自己的怒火就得以释怀、烟消云散了,不过好奇还在。那些教授们的怒容该做何解释呢?他们是因何而怒呢?要知道,对这些书留给人的印象稍作分析,便总能觉察到书中涌动着的一股热流。这种热流的表现纷繁多样,或讽刺,或伤感,或好奇,或斥责。而另有一种情绪也常常出现,只是难以立刻看得分明。我称其为愤怒。不过,这愤怒是在暗中涌动,掺杂进其他各种情绪之中的。从它那不同寻常的影响来看,这是遮遮掩掩、错综复杂的怒火,而非简单、直白的怒气。

---

① 汉普特斯西斯公园,Hampstead Heath,伦敦西北的一块自然保护区。

不管是什么原因，我审视着桌上的这一堆书，心里想，对我来说，没有一本是有用的。尽管书中满篇人情世故，诸多耳提面命，有趣和无聊杂而有之，甚至还谈到了斐济岛民习俗的怪诞之处，可从科学的角度来看，这些书毫无价值。它们都是在感情的红光中写就，而非理智的白光。所以，必须把它们还到中间的那张桌子去，再把它们一一放回到那巨大的蜂巢里，各归其位。这一早上的工作，我所得到的，就是有关愤怒的这个事实。可是，为什么，我还了书，站在廊柱下，站在成群的鸽子和史前的独木舟之间，我又开始问自己，为什么，我一再追问，他们因何而怒呢？就这样，脑海中盘桓着这个问题，我漫无目的地行走，想要找处地方吃顿午餐。我此刻所谓的愤怒，究其本质又是什么呢？我这样问自己。而这个难题也陪着我，在大英博物馆附近的一家小餐馆落了座，直至上菜。先前用餐的客人把晚报的午间版落在了椅子上，那时菜还没有上，我便漫不经心地浏览着标题。一行大字标题有如缎带横跨整版：有人在南非大获成功。小一点的缎带宣布奥斯汀·张伯伦爵士①去了日内瓦；地下室惊现沾有人发的屠刀；某位大法官在离婚法庭上对妇女的伤风败俗发了一番评论。还另有几条新闻散布在报纸的各处：一位女影星从加利福尼亚的山巅降下，被悬在了半空；又要起大雾了。在我看来，即便是这个星球的匆匆过客，只要拿起这份报纸，都不会看不出英国是个父权制的国家，即使只有这散见四处的证词。任何人只要神志清醒，都不会感觉不到那位教授的高高在上。他代表的，是权力、金钱

---

① 奥斯汀·张伯伦，Sir Austen Chamberlain（1863～1937），英国政治家，1925 年获诺贝尔和平奖。

和影响力。他拥有报业,连同编辑和其副手。他既是外务秘书,又兼为法官。他还是板球运动员,拥有几匹赛马、几艘游艇。他是大公司的经理,在他的公司,股东可以赚到百分之二百的利润。他给自己管理的慈善机构和大学留下了上百万英镑。他把女影星悬在了半空。要由他来决定那屠刀上的毛发是不是属于人类,他就是那个将要宣布凶手有罪无罪,是该施以绞刑,还是当庭释放的那个人。一切都尽在他的掌握之中,除了那场雾。于是,他变得怒气冲冲。我知道,他之所以发怒,就是因为这个原因。在我读到他对妇女的那些高谈阔论之时,想到的并非是这些言辞,而是他本人。立论者若是心平气和地据理力争,自然会专心于自己的论点,而读者也会一心不二,关注于此。要是他议论妇女时心平气和,举出的例证也无可争议,让人看不出他意图得到的结论是此而非彼,我也不会因之而动怒。我会欣然承认事实,就像承认豌豆是绿的、金丝雀是黄的那样。我也会说,的确如此。可我生气了,这是因为他在生气。我翻了翻晚报,想到如此大权在握的一个男人竟然会动怒,真是太可笑了。还是说,怒气这东西,我思忖着,不知何故,成了为人所熟悉的魂灵,附上了权势,不离左右?譬如说,有钱人就常发火,因为总担心穷人会夺去他们的财富。那群教授,或者更确切一点来说,那群父权主义者们如此怒气冲冲,除去那个原因,还另有一个从表面上看起来并非如此明显的原因。或许他们压根就没“动怒”。确实,他们在私人生活中,常常称赞别人,为人古道热肠,堪称楷模。或许,在他有些过分强调女人之低劣的时候,其实他关心的并非是她们的低劣,而是自己的高人一等。那才是他涨红了脸,声嘶力竭来维护的东西,因为这才是他视如无价之宝的东西。生活,对于男男女女——我正看着他们一个挨一个地走在人行道上——同样充满了艰辛、苦难，还有无尽的拼搏。这就要求我们付出无比的勇气与力量。或许，既然我们如此耽于幻想，那么生活便更要求我们拥有对自己的信心。没有了信心，我们就好像摇篮中的婴儿。而这样一种弥足珍贵、无法衡量的品质，又要如何才能在最短的时间内养成呢？想想别人不如自己。只需想一想和别人相比，自己有一些与生俱来的优越之处——或是财富，或是地位，高鼻梁，罗姆尼①为祖父画的一幅肖像——好在人类的想象力无穷无尽，总有可怜的小花样来激发自己的优越感。因此，这个不得不去征服、去统治的家长，自觉生来就高人一等，觉得无数的人，确切地说，是人类的一半都在其之下，这种心理是何等重要。这确实是他力量的一个主要来源。且让我用自己观察到的这个结论来考察一下实际情况。来看看对于理解那些日常生活中，鸡毛蒜皮里，曾让我们困惑不解的心理疑团，是否也有所裨益？是否能解释 Z 先生②带给我的惊愕。有一天，这位一贯温文尔雅的谦谦君子，拿起了丽贝卡·韦斯特③的某本书，读了其中的一段便大呼小叫了起来："十足的女权主义者！她把男人说成了势利小人！"这一句怒吼，倒让我吃惊不小——因为，关于男人，韦斯特小姐说的差不多句句属实，除了不太好听，何以她就成了一个十足的女权主义者？——这不仅是虚荣心受到了伤害而发出的呻吟，这是他

① 罗姆尼，George Romney(1734～1802)，英国肖像画家。

② Z 先生大约是指德斯蒙德·麦卡锡，英国作家、评论家。伍尔夫在其 1928 年的日记中有所记述。

③ 丽贝卡·韦斯特，Rebecca West(1892～1983)，英国小说家、评论家、散文作家，以其女权主义著称。

赖以自信的能力受到威胁时的抗议。几个世纪以来,女人的角色,就是一面可以让人心满意足的魔镜,男人照上一照,就可以看到两倍于自己的伟岸身材。若是失去了这种魔力,恐怕世界还是一片洪荒泥泞、密林草莽,又何来战争的荣耀?恐怕我们也还正在羊骨的遗骸上刻画鹿的形状,还在用火石换来羊皮或是任何以我们单纯的眼光看来中意的朴素饰品。超人和命运之手从未有过。沙皇和凯撒也不曾戴上或丢掉头上的皇冠。不管各大文明社会都将镜子用在何处,一切暴力和英雄壮举的背后,镜子的功劳都不可抹杀。这也就是为何拿破仑和墨索里尼两个都如此坚持女人的低劣,因为如若不然的话,他们就没法变得伟岸了。在一定程度上,这也解释了为何男人常常需要女人。也解释了他们若是受了女人的批评,心里会多么不安。若是说,从男人嘴里说出来,这本书写得有多差,那幅画是多么缺乏力度,诸如此类的评论,都会让他们伤心愤怒,还要让一个女人对他们评头论足,说出同样的话来,又怎么可能不令他们更加心疼,更加愤怒。因为若是她开始说出实话来,那镜子里的形象便会开始萎缩,他在生活中的地位也要开始动摇。这样的话,要他怎么继续去宣布判决、开化民智、制定法律、著书立说,又如何盛装打扮以在宴会上高谈阔论,除非早餐晚饭之际,他还能看到至少两倍于自己的伟岸身材?我这么思考了一番,边把面包捏碎,边搅动着咖啡,间或看了看街上往来的行人。镜中的幻象如此重要,因为它激发了生命力,刺激着神经系统。倘若移开,男人只怕活不下去,就像瘾君子一旦被夺去了可卡因。我望向窗外,想着这往来的行人中,有一半人都为这种幻象所驱使,为工作而奔波。他们一大早就在这明媚的光线中穿衣戴帽。他们一早便信心十足,精神抖擞,相信自己在史密斯小姐的茶会上定会大受欢迎。他们踱步进屋之时,还不忘对自己说,我比这儿一半的人都要高贵,因此说起话来,也洋洋自得,这对公共生活影响深远,而个人思想的空白之处也才留下了如此令人费解的注脚。

不过,对于男性心理这样一个危险而又诱人的话题——这个话题,我希望,还是等到你们每年能拥有自己的五百英镑的时候,再去做一番考量——我的这个思绪,因为不得不付账单而被打断了。账单总共五先令九便士。我给了侍者一张十先令的钞票,他去找零钱给我。我的钱包里还另有一张十先令的钞票,这引起了我的注意,是因为这是个让我仍激动不已的事实——我的钱包会自动生出十先令的钞票来。我打开了钱包,钞票就在那儿。社会为我提供鸡肉和咖啡,床榻和寓所,以此作为那么几张钞票的回报。那是我的一位姑姑留给我的,只因为我们的姓氏相同,别无他因。

我一定要告诉你们,我的姑姑,玛丽·贝顿,是在孟买骑马透气时,从马上跌落而死的。我得知获赠遗产的那天晚上,国会也通过了赋予妇女选举权。一封律师信丢在了我的信箱里,打开之时我才知道,她留给我的,是从此往后每年的五百英镑。选举权和钱相比,属于我的那一笔钱,似乎更为重要。在此之前,我靠着从报社讨来的一些零活来养活自己,报道一下东边的驴戏、西边的婚礼。我还靠着为人写信封,为老妇人读书诵报,扎些纸花,在幼儿园教小孩子识字赚过几英镑。而这些就是1918年以前对妇女敞开大门的主要职业。恐怕不用我再把这些工作的辛苦之处一一详述,因为你们大概也认识做过这些工作的妇女;也不用告诉你们赚钱糊口的艰苦,因为你们大概也曾尝试过。可依然让我记忆犹新,而且比之这两者更让我痛苦的,是那些日子在我心中孕育出的恐惧和酸楚。首先,总是要做自己不想做的工作,还要像个奴才那样,阿谀逢迎,虽说大概不必一直如此,但看上去还是有这种必要,倘若冒险,赌注未免太大;其次,一想到那才华——须知才华之逝,情同魄散①,虽然这才华微不足道,对拥有的人来说,却弥足珍贵——渐渐毁灭,连同我与我的魂魄——这就仿佛锈菌的侵蚀,落了春红、朽了树心。不过,我也说过,我的姑姑去世了,每兑现一张十先令的钞票,那锈斑和腐迹便剥去了一层,痛苦与酸楚也便消散。的确如此,我把银币小心地放进了钱包,想到往日的艰辛苦痛,这的确意义非凡,一笔固定的收入竟可以让人的脾性发生这么大的变化。这世界上没有任何力量可以从我这儿把那五百英镑抢去。衣食寓所将永远属于我。如此一来,消失的不仅仅是辛苦与操劳,连同忿恨与酸楚也一并无影无踪了。我无需再怨恨哪位男士,他也无法加害于我。我也不必去讨好哪位男士,他已经给不了我什么了。不知不觉中,我发现自己对那一半性别的人类,已经换了新的态度了。任何一个阶层或是一种性别,笼统地从整体上加以责备,实是荒谬。从不为自己的所作所为负责任的人大有人在。他们感情用事,无法自已。那些家长老爷、教授先生们,他们也有无穷无尽的烦恼、手足无措的障碍要去面对。他们所受的教育,在某些方面,似乎与我并无不同,都有缺陷。这也让他们养成了同样严重的毛病。没错,他们有钱也有权,付出的代价却是要让一只鹰、一只兀鹫住进他们的胸膛,无时无刻不在撕扯着他们的肝脏肺腑——那

---

① 原句为:that one gift which it was death to hide 伍尔夫此处大约是参照了弥尔顿的诗句:And that one talent which is death to hide。

就是占有的本能、攫取的欲望,驱使着他们无休无止地去垂涎别人的土地与货物,去拓宽疆土、占据领地,建造战舰、研发毒气,甚至献上自己和儿女们的生命。行走在海军部拱门(我已经到过那座纪念碑)之下,或是任何一条用来摆放战利品和大炮的林荫道上,回想着这儿曾庆祝过的那份辉煌;在春日的阳光下,看着股票经纪人和高级大律师进了屋,去赚钱,赚的钱越来越多,越来越多,而其实,一年五百磅就足以让人在阳光下享受生活了。我想,心里装满了这样的冲动想必令人讨厌。优越的生活条件滋养了这些冲动。还有文明的匮乏,我看着剑桥公爵的雕像时这么想,确切地说,是看着他那顶三角帽上插着的那几根羽毛时,它们从未像如今这般被我凝神专注。而在我意识到这些缺点之后,心中的恐惧与酸楚也一点一点变作了怜悯和宽容。要不了一两年,这怜悯与宽容也会化为乌有,而后,一切释然,万物本色尽收眼底。就譬如说那座楼,我是喜欢还是厌弃?那幅画是美抑或是丑?在我看来,那是部好书还是坏书?其实,姑姑的遗产让我眼前豁然开朗,我所看到的,不再是弥尔顿要我去永世敬仰的那一位体格魁梧、仪容威严的绅士,而是一方广阔的天空。

就这样左思右想间,我走上了河边那条回家的路。万家的灯盏渐渐点亮,夜色下的伦敦与晨曦时分相比,已是另一番景象。它仿佛一台巨大的织机,整日运行后,在我们的协助下,织出了几米的布匹来,美得让人惊叹——火红的缎面上燃烧着红彤彤的眼睛,像一个黄褐色的庞然大物,咆哮着喷出股股热气。甚至晚风也像是一面旗帜,拍打过房子,摇响了围栏。

而我的那条小街上,占上风的还是家庭生活。粉刷匠正从梯子上下来;保姆小心地推着婴儿车进进出出,回到餐桌旁;运煤的工人把空了的麻袋一个压着一个，叠放整齐；戴着红手套的菜店老板娘正把今天的进账一笔一笔核清。而我正全神贯注于你们放在我肩上的这个难题，以至于眼前这些寻常的家长里短，也要找出一个核心所在来。我想，和一个世纪之前相比，要说清楚这些工作，究竟哪个更高人一等，哪个又更急人所需，倒是更困难了。是做运煤的工人好，还是做个保姆呢？跟一位赚了上万镑的高级律师比，一个拉扯大了八个孩子的清洁女工对这个世界的价值，是否就等而下之了呢？这样的问题，问而无益，因为没有人能够答上来。不光是清洁女工和律师的相对价值，一个年代和另一个年代都会有涨有落，即使就是现在，我们也没有一杆秤可以为他们一分高下。要让那位教授提供这样那样"无可争议的证据"，以证明他对妇女的论断，这是我的不对。即使现在有人可以说出每一种才能的价值来，这价值也会变化。很可能过了一个世纪，那些价值就完全变了样。何况，我站在自己的房门前，心想，再过一百年，女性已经无需再被保护了。她们理应可以参与到那种种曾向她们紧闭大门的活动中去。那位保姆会铲起煤块。那位老板娘会去开车。所有那些基于妇女需受保护这样一个事实的想法都将一去不复返了——就像，举例来说（这时一队士兵正从这条街上列队走过），妇女、教士和园丁要比其他人活得更长。取消对她们的保护，让她们面对同样的劳动与工作，让她们参军入伍、下海出航，让她们也去开汽车，在码头忙碌，女人们岂不会因此就折了寿命，比男人们死得更早，以至于他们会说出，"今天我看到了一个女人"，就好像从前人们会说，"我看到了一架飞机。"一旦身为妇女不再意味着要被保护，那么任何事情都有可能发生，我这么想着，打开了房门。可这些与我的主题——妇女与小说，又有什么相干呢？我问自己，进了屋。

三

傍晚已至,却连一句有分量的说法、一个确凿无疑的事实都没能带回来,未免让人失望。妇女之所以比男人贫穷,是因为——这样那样的原因。或许,最好还是现在就放弃,不要再去探寻什么真理,不要再去轻信蜂拥而至的见解,管它是有如熔岩那般炽热,还是像刷碗水一般淡而无味。最好还是把窗帘拉起来,将惹人分心的事都拒之窗外,点亮灯盏,缩小探寻的范围,去请教一下历史学家,他们记录在案的可不是见解,而是事实,请他们描述一番妇女生活的境况怎样,倒不用亘古至今,只需讲一讲英国的妇女,譬如说,在伊丽莎白时代是个什么样子。

这是因为,那时的男人,似乎每两人中便有一个写得出歌谣或是十四行诗来,但在如此非凡的时代,却没有一位女人为其文学胜景添上过任何只言片语。长久以来,这让人百思不得其解。我便问自己,那时的妇女是生活在何等的境地中?小说本是源于想象,若说会像石子一样从天而降,绝无可能,虽然科学或许正是这样;小说就像一张蛛网,即便只是轻轻相连,那网的四角也连接着生活。通常这其间的相连是极不易察觉的,就拿莎士比亚的剧作来说,似乎是单凭一己之力,悬而不落。但一旦把蛛网拉弯,钩住边角,扯破了中间,才让人想起来,这也并非是什么看不见的精灵在半空中的杰作,依然是受苦受难的人类之作,总是和物质生活息息相关,譬如健康、财富还有我们栖身的房屋。

我便走到了放着历史书的书架前,拿下了最新的一本:特里威廉教授所著的《英国史》。我又在索引中搜寻"妇女"的字样,找到了"其地位"几个字，翻开所指的那几页。"男人打老婆，"我读下去，"已成天经地义，不管他地位高下，打起老婆来，便没了分别，全然没有一点羞耻。"这位历史学家继续写道，"女儿若不嫁父母所择之婿，便有可能被关进屋里，饱受拳脚，而公众对此也是无动于衷。婚姻无关个人情感，只视乎家庭的贪婪，这在'骑士风度'十足的上流社会尤甚……往往一方或是双方还尚在摇篮，婚约便已订好，而尚未能离得开保姆，就要迈入婚姻的殿堂。"那是 1470 年前后，乔叟的时代结束不久。再次提到妇女的地位是在二百年之后，斯图亚特王朝时期。"妇女为自己选择夫婿，即使在中上流社会，也属罕事，若是许配给了某位先生，那先生便是一家之主了，至少法律和习俗给了他这个地位。但即便如此，"特里威廉教授总结道，"不管是莎士比亚剧中的女性，还是 17 世纪回忆录中更为可信的女性，譬如弗尼夫妇和哈钦森夫妇回忆录中的女性，似乎都不乏个性和特点。"当然了，如果我们想一想，克莉奥佩特拉定有其禀赋；麦克白夫人，我们也会认为，亦有自己的意志；罗莎琳德，我们也许可以下个结论，是位动人的姑娘。特里威廉教授说莎士比亚剧中的女性似乎不乏个性和特点，这倒是说出了实情。倘若不是历史学家，或许可以走得更远一些，大可以说有史以来，一切诗人的一切作品中，妇女无不灿若光华——剧作家的笔下，就有克吕泰涅斯特拉、安提戈涅、克莉奥佩特拉、麦克白夫人、菲德拉、克瑞西达、罗莎琳德、苔丝狄蒙娜、马尔菲公爵夫人；还有散文作家笔下的人物：米拉芒特、克拉丽莎、蓓基·夏泼、安娜·卡列琳娜、爱玛·包法利、盖芒特夫人——这些名字纷至沓来，一时涌上了心头，没有哪一个让人觉得妇女缺乏"个性和特点"。的确，如果妇女只存在于那些男人所著的小说中，人们一定会认为她准是个举足轻重的人物，千姿百态,高尚亦卑鄙,华丽亦污秽,美得无与伦比,亦丑得不堪入目,伟大如同男人,有人认为更有甚之。[①] 但这是小说中的妇女,事实恰如特里威廉教授指出的一般,她被关进屋里,饱受拳脚。

于是,一个非常奇特、杂糅而成的人物便诞生了。在想象之中,她无比尊贵,而实际上,她根本无足轻重。翻开诗卷,她的身形随处可见,查阅历史,她却几乎无迹可寻。小说中,她左右着帝王和征服者的生活,事实却是,只要哪个男孩的父母为她硬套上了枚戒指,她就听命于那个男孩,做了他的奴隶。文学作品中,她也时常有感而发,唇间道出隽永深刻的思想,而真实生活里,她却认不得几个字,更不会写,只算得上丈夫的财产而已。

先读过历史,再来读诗章,我们准会看到一个奇特的怪物——长着鹰翅膀的蠕虫,生命与美的精灵在厨房里剁板油。但这些怪物,不管在想象中是多么有趣,其实并不存在。若要让她变得活灵活现,我们的想象就必须在同一瞬间,既要充满诗意,还须平淡无

[①] "雅典娜之城的妇女所受压迫,几乎与东方妇女一样,或为宫婢或做苦工,然而在其戏剧舞台上,却诞生了克吕泰涅斯特拉和卡桑德拉、阿托莎和安提戈涅、菲德拉和美狄亚,还有所有那些主宰了那位"讨厌女人"的欧里庇得斯笔下一出又一出剧的女主角们,究竟为何,这仍是一个奇怪的不解之谜。不过,生活中,为人尊敬的妇女是不可以独自外出抛头露面的,然而舞台上,女人不是和男人平起平坐,就是更胜一筹,这种矛盾之处至今也不曾有过圆满的解释。在现代悲剧中,这种女性的支配地位依然如故。不管怎样,草草翻阅一遍莎士比亚的作品(韦伯的作品与此相似,马洛或约翰逊的剧作则不同)便足以看出女性的这种支配地位、这种主动权,是如何从罗莎琳德到麦克白夫人一脉相承的。拉辛的剧中,也是如此。他的六部悲剧,都以女主角命名。又有哪一位男性角色可以跟埃尔米奥娜和安德洛玛刻、蓓蕾尼丝和罗克珊、费德尔和阿达莉媲美?易卜生也不例外,哪一位男性又可以与索尔维格和娜拉、海达和希尔达·旺格尔还有丽贝卡·韦斯特相提并论呢?"——F. L. 卢卡斯,《论悲剧》,第114—115页。——原注

奇,这样才不会远离了事实——那就是,她是马丁太太,36岁,身穿蓝衣,戴着顶黑帽子,穿着一双棕色鞋。不过,也不要扼杀了想象力——在她身上,各种各样的精神和力量流动不息,闪烁不止。然而,一旦我将这种方法用在伊丽莎白时代的妇女身上,那种闪亮的光彩便瞬间暗淡了,因为事实的缺乏让人望而却步。对于她,我无从了解,没有任何细节,既不确切、也不具体。历史对她几乎不闻不问。于是我再次向特里威廉教授求助,看看历史对他来说意味着什么。浏览过诸章标题后,我发现,对他而言,所谓历史就是——

"采邑与敞田耕种法……西多会修士与牧羊业……十字军东征……大学……下议院……百年战争……玫瑰战争……文艺复兴时期的学者……修道院的瓦解……农村中及宗教中的冲突……英国海上力量之伊始……西班牙无敌舰队……"诸如此类。间或会提到某位女性,某位伊丽莎白,或是某位玛丽,一位女王或是一位贵妇。可是,一位除了头脑和个性外便一无所有的中产阶级妇女,是绝无可能参与到任何重大运动中的,而正是这些运动一一相继,才构成了历史学家对往昔的看法。即便是那些趣闻轶事中,也找不到她的踪影。奥布里①难得提起她。她对自己的生平,也只字不提,连日记也几乎不曾记过,只有几封她的书信尚且在世。她不曾留下过任何剧作或是诗歌来让我们借此做出评价。我想,人们所需要的——为什么纽汉姆学院或是格顿学院就没有一个才华横溢的学生可以提供这些呢?——是大量的信息。她是多大年龄结的婚?一般说来,会有几个子女?她的房子是个什么样子?她有自己的房

---

① 奥布里,John Aubrey(1626~1697),英国文物专家、作家,出版过一本杰出人物的传记集。

间吗？她做饭吗？她会不会有一个佣人？所有这些事实不知道在何处沉睡，也许，是在教区的名册或是账簿中。伊丽莎白时代的普通妇女，她们的生活一定是散落在某个地方，会不会有人收集起来，编纂成册？我一边在书架上寻找着并不在那里的书籍，一边想，要让我去跟那些知名学府的学生们说，建议他们重写历史，这恐怕是种奢求，超出了我的勇气，尽管我也认为，历史看上去，总有一些古怪，不够真实、有失偏颇，可他们为何不能为历史添上一个补遗？当然，这一部分的名字不要太醒目，这样妇女的出场，大概尚不失礼数。要知道，在大人物的生活中，他们也时常可见，只是匆匆退入了背景，我有时会想，那藏起的，可能是一个眼神，或是一阵笑声，也许，是一滴泪水。毕竟，我们看够了简·奥斯汀的生平，乔安娜·贝利①的悲剧对埃德加·爱伦·坡诗歌的影响，也似乎并无多加考虑的必要。就我自己而言，就算玛丽·拉塞尔·米特福德的住宅和行止之处向公众关闭长达百年以上，我也并不在意。然而，我再次仰望着书架，之所以觉得可悲，是对 18 世纪之前的妇女，我们竟一无所知。在我的心中，找不到一个可供我细细考量的对象。如今我在这儿，思忖着为何伊丽莎白时代的妇女不写诗，却无法确定她们受过怎样的教育，是否学过写字，有无自己的起居室，有多少妇女在 21 岁之前就已生儿育女，她们一日之内，简言之，从早八点到晚八点之间究竟做了些什么。很明显，她们身无分文，按照特里威廉教授的说法，不管她们是否心甘情愿，未等成年，很可能不过十五六岁，便早已成婚。就凭这一点，我可以说，要是她们中能有人突然写出了莎士比亚的剧作，那才是天大的怪事。我想到了一位老先生，虽然现在已

---

① 乔安娜·贝利，Joanna Baille(1762～1851)，苏格兰剧作家、女诗人。

经离世，不过，我想，他曾做过主教，他宣称，不管是过去、现在，还是将来，都不会有任何一个女人，能像莎士比亚那般才华四溢。就此，他曾为报纸撰文。他还跟一位来向他咨询的夫人说，其实，猫是上不了天堂的，虽然，他补充道，它们也有类似灵魂的东西。为了救赎我们，这些老先生是多么殚精竭虑！他们每进一步，无知的边界便向后退缩！猫进不了天堂。妇女写不出莎士比亚的剧作。

　　诚然如此，我看着书架上莎士比亚的著作，不能不承认，那位主教至少在这一点上是对的。那就是，在莎士比亚的时代，没有任何一位妇女能写出莎士比亚那样的剧作，绝无可能。既然事实难寻，不妨让我想象一下，若是莎士比亚有一个天资聪颖的妹妹，比方说，朱迪丝，那会发生些什么事情。莎士比亚本人很可能上了文法学校——须知他的妈妈继承了一笔遗产，他在那里学习拉丁文——奥维德、维吉尔还有贺拉斯——还有基础的文法和逻辑。众所周知，他是个顽劣的孩子，在别人的地界偷猎野兔，或许还打到了一头鹿，还不该结婚时，便不得不娶进了邻家的女子，还没足十个月，便为他生下了一个孩子。这场闹剧让他跑去了伦敦自谋生路。他似乎对剧院情有独钟，先是在后台门口为人牵马，很快，就加入了剧团，成了当红的演员，从此长住世界的中心，交游甚广，无人不识，在舞台上实践他的艺术，在街头巷尾磨炼自己的才智，甚至登上了女王的殿堂。而此时，我们不妨认为，他那位天资聪颖的妹妹则是留在了家中。她和莎士比亚一样，喜欢冒险，富于想象，也渴望去外面见世面。可没人供她读书。她没有机会学习文法或是逻辑，更不用说阅读贺拉斯或是维吉尔。她偶尔会拿起一本书翻上几页，那大概还是她哥哥的。可这时，父母进来了，让她去补袜子，要么就是去看着炉子上的饭菜，不要在书本纸张上浪费

62

时间。他们语气严肃，但态度和蔼，因为他们毕竟家境殷实，知道女人的生活状况究竟是如何，也疼爱自己的女儿——没错，父亲极有可能把她当作自己的掌上明珠。说不定，在存放苹果的阁楼上，她也曾偷偷写过几页纸，不过，想必是小心藏好，或是烧掉了。可惜的是，要不了多久，她还不过十来岁，便被许给了邻居家羊毛商的儿子。她又哭又闹，说自己讨厌这门亲事，为此遭了父亲的一顿痛打。后来，父亲不再责骂她，而是求女儿不要惹他伤心，不要在婚姻大事上让他难堪。他说会给女儿一条珠链，或是一条上好的衬裙。说这话时，父亲的双眼噙着泪水。这让做女儿的怎么能不听从呢？她怎么会让父亲伤心呢？唯有生来的才情让她硬下了心肠。她把自己的物品收拾成一个小包袱，在一个夏夜沿着绳子爬下了窗，上路去了伦敦。她还不到十七岁。树篱间的鸟儿也不如她的歌声悦耳。对于词汇的音韵，她和哥哥一样，有着最敏捷的想象力。和哥哥一样，她也钟情于戏剧。她站在后台门旁，她说，她想演戏。男人们当面嘲笑她。剧院经理——一个多嘴的胖男人——更是一阵狂笑，嚷嚷地说了一通狗儿跳舞和女人演戏什么的——女人哪里会演戏，他这么说。他还暗示——你们一定能想到他暗示了什么。她无处训练她的才艺。难道能让她去找家酒馆就餐，夜半三更还在街头徘徊？不过，她的才华适宜写小说，她渴望能从男人女人的生活中以及对他们癖性的研究中汲取充足的养分。最后——要知道她还很年轻，长得和诗人莎士比亚十分相像，同样是灰色的眼睛，弯弯的眉毛——演员经理尼克·格林对她心生怜悯，她发现自己怀了那位先生的孩子，所以——当诗人的心为女人的身体所困，谁能知道她心中的炽热和狂暴呢？——在一个冬天的夜晚，她结束了自己的生命，葬身在某个十字路口。如今，那里成了大象城堡酒店,门外停靠着往来的公共汽车。

在我看来,若是在莎士比亚的时代,有一位妇女的才华堪与其比肩,她的人生故事大致就会是这么个样子。但是,就我而言,我还是同意那位已逝的主教,倘若他的确做过主教——也就是说,莎士比亚时代的妇女,若是有如莎士比亚一般生就如此的才华,那绝对是不可思议的事情。因为如此才华是不可能诞生在日夜操劳、大字不识、卑躬屈膝的一群人当中的,不可能诞生在英国的撒克逊人和不列颠人当中,也不可能诞生在今天的工人阶级中。那么,按照特里威廉教授所说,那些尚且年幼,便被父母逼去做工,而在法律和习俗的束缚下又不得脱身的妇女中,又怎能诞生出如此的奇葩?但妇女中必定也有天才,正如工人阶级中也一定存在天才一样。间或会有一位艾米莉·勃朗特或是一位罗伯特·彭斯[①]一时间大放异彩,证明了天才的存在。但这种天才想必不曾载于史册。但是,当我读到有位女巫被推入水中,读到某个女人被魔鬼附了身,一位聪明的女人在卖草药,甚至是某位声名显赫的男人有位母亲时,我就想到,沿着这些踪迹找下去,就会找到一位被埋没的小说家,一位受压制的诗人,某位默默无闻、不为人知的简·奥斯汀,某个艾米莉·勃朗特正在荒野上撞得头破血流,或是在路旁愁眉苦脸,因为天赋的折磨让她发了狂。确实,我甚至要去猜想那位写下那么多首诗,却不曾签上真实姓名的"无名氏",多半是位女人。我想,是爱德华·菲兹杰拉德[②]暗示说,创造了这么多民谣和民歌

---

① 罗伯特·彭斯,Robert Burns(1759~1796),苏格兰著名的农民诗人,一生贫困。
② 爱德华·菲兹杰拉德,Edward Fitzgerald(1809~1883),英国作家,他从波斯文译的《鲁拜集》成为英国文学名著。

的,是一位女人,她为自己的孩子低声哼唱,来打发纺线的时光,度过漫长的冬夜。

这或许是真的,也或许是假的——谁知道呢?——但想一想我所编造的那个莎士比亚妹妹的故事,在我看来,这其中的真相就是,任何一位生在 16 世纪的才女,注定会发疯,饮弹自尽,或是在某个远离村庄的荒舍孤独终老,半是女巫,半是术士,为人取笑,却又让人害怕。要知道,这位天赋过人的妇女,一旦将其才华用于诗歌,除了旁人的百般阻挠,她对这诸多障碍的本能抗拒也会让她备受折磨、精疲力竭,不用太多心理学的技巧也能肯定,她的健康和精神想必是大受其害了。没有哪个女人走到伦敦,便可以从剧院的后台,径直冲到演员经理们的面前,而不曾经受侮辱、遭受痛苦,也许这毫无道理可言——贞洁,或许只是一些社会不知出于何种居心所创造出来的崇拜之物——但却是无可避免的。贞洁,在当时,以至现在,在妇女的生活中,仍具有着重要的宗教意义,牵扯着每一根神经和种种本能,若要剥去这重重束缚,将之暴露在光天化日之下,需要的是莫大的勇气。在 16 世纪的伦敦,过着无拘无束的生活,对于一位女诗人、女剧作家而言,就意味着在精神上要承受也许会将她逼上绝路的压力与困窘。纵使她可以绝处逢生,她写下的文字也已经扭曲、变了形,因为激发这些文字的想象力早已走了样、生了病。我看了看书架,上面没有一部戏剧是女性所作,我想,毫无疑问,她是不会在作品上署名的。这必定是她保护自己的方法。这是贞洁观对妇女所要求的缄默残留在 19 世纪晚期的遗迹。柯勒·贝尔①、乔

---

① 柯勒·贝尔是夏洛蒂·勃朗特的化名。她和妹妹艾米莉和安妮于 1846 年出版了一部诗集,书名为《科勒·贝尔、埃利斯·贝尔、阿克顿·贝尔诗集》。

治·艾略特、乔治·桑，无一例外都是内心斗争的牺牲品，这在她们的作品中昭然若揭。她们用男人的名字来做掩饰，却是徒劳无功，这样做只是向传统低了头。而传统，即使不是由男人们树立，也是他们大加鼓励的（伯利克里[①]曾说过，一个女人最大的光荣，莫过于不让人议论纷纷，虽然他自己常为人所议论）。基于这样一种传统观念，妇女抛头露面则被认为是为人所不齿的。缄默流淌在她们的血液中，遮遮掩掩的念头也仍左右着她们。时至如今，她们也不曾像男人那样关心声誉的好坏，一般而言，女人经过墓碑或是路牌，也没有那种迫切的欲望想要把自己的名字篆刻其上。换作阿尔夫、伯特或是查斯，必定会听从他们的本能，就像看到了漂亮女人，或是条狗，便会喃喃自语，这狗是属于我的。当然，也可能并不是一条狗，我想到了议会广场、胜利大道和其他的林荫大道，也许就是一块土地，或是一个黑色卷发的男人。身为女人的一大好处就是，就算看到一个极其漂亮的黑人女子，也可以径直走过，而不必心生奢念，要把她造就成一个英国女人。

　　那么，那个身负诗才，生在 16 世纪的女人，必定是不幸的女人，一个违背自己心愿的女人。不管她的胸中有何机杼，需有合适的心境，才能得以抒发，可身边的种种条件，心底的样样直觉，全都与之作对。可我自问，究竟是何等心境，才最有益于创作呢？我能够了解促进那种奇怪的写作活动并使之成为可能的心境吗？此刻，我翻开一卷书，那是莎士比亚的悲剧。在他写下《李尔王》和《安东尼与克莉奥佩特拉》之时，会是怎样的心境呢？那自然是古往今来最适宜写下诗行的心境。但是莎士比亚对此只字未提。我

---

① 伯利克里，Pericles（公元前 495～前 429），古雅典政治家。

66

们只是不经意间,偶然地知道了他"从未涂改过一行字"。或许,18世纪以前,确实没有哪一位艺术家谈起过自己的创作心境。也许是卢梭开了先河。不管怎样,到了19世纪,自我意识有了长足的发展,文人墨客大都喜欢谈一谈他们的心境,不管是在忏悔录还是在自传中。也有人为他们著书立传,他们的书信在死后也有人出版。所以说,尽管我们不知道在创作《李尔王》时,莎士比亚的心境如何,我们却知道卡莱尔在写下《法国大革命》时所经历的境况,也知道撰写《包法利夫人》时的福楼拜所经历的一切,还有济慈试图以诗歌来抗议死之将至和世间的冷漠时的经历。

现代文学中卷帙浩荡的忏悔录和自我分析留给人的印象就是,任何一部天才作品的诞生都须历尽千辛万苦。事事都妨碍着作家将心中的作品完整写下。物质环境一无是处,狗儿也来吵,人们也来打扰,钱还必须去赚,身体也要垮掉。除此之外,还有那世间无人不晓的冷漠,让这一切更为艰辛,让人格外地难以忍受。这个世界并不要求人们去写诗、写小说,甚至是写历史,这个世界并不需要这些。它不在意福楼拜是否找到了正确的字眼,卡莱尔是否谨慎地查证了这儿或那儿的事实。自然,对它不需要的东西,它连一个子儿也不会付。所以,那些作家,济慈、福楼拜、卡莱尔,没有一个不曾为生活所困,频频沮丧气馁过,尤其是在他们尚年轻,创作力最旺盛的时候。从这些自我分析和忏悔录中传出的,是一句诅咒,一声痛苦的哀号。"伟大的诗人在不幸中死去"——这是他们歌谣传唱的主题。倘若还有任何东西可以历经所有的一切留存下来,那便是奇迹,而很有可能,没有任何一本书在其诞生之际还能与最初的构思完全一致而未经损害。

但看着眼前这空空的书架,我想,对妇女而言,这重重的困难岂非更让人生畏。首先,想要有一间自己的房间,即便是在 19 世纪初,也还是绝无可能,更不用说这房间还要安静、隔音,除非她的父母格外富有,或是尤其尊贵。既然她的针线钱完全仰仗着父亲的脸色,倘若有些,也只够她自己的穿衣,她甚至无法像济慈、丁尼生或是卡莱尔之类,不能像所有贫苦的男人那样,找些消遣,譬如徒步旅行,到法国去,找一间寓所住下,哪怕条件再简陋,也可以让她远离家庭的强求与专制。这些看得见的困难是可怕的,但更为可怕的,却是那些看不到的。世间的冷漠,曾让济慈、福楼拜和其他的才子难以忍受,而到了她那里,冷漠已经变作了敌意。世人对她所说的话,并不像对他们的一样,要写便写吧,这与我无关。世人的话变成了哄笑:写作?你写出来的东西又有什么用?我看着依然空空如也的书架,心想,纽汉姆学院和格顿学院的心理学家们在这儿或许可以帮上我们的忙了。因为,要想知道挫折究竟对艺术家的心灵影响有几何,现在正是应当来检测一番的时候了,我就曾见过一家乳制品公司是如何检测普通牛奶与优质牛奶对老鼠身体所具影响的。他们把两只老鼠关进不同的笼子,放在一起,其中一只胆小、体弱,贼头贼脑,另一只则胆大、肥硕,毛色光亮。那么,我们提供给女性艺术家的食物又是怎样的呢?我想,是那顿梅子和蛋奶糕的晚宴让我想起了这个问题吧。要想回答这个问题,只消打开晚报,就可以读到伯肯黑德爵士的高见——不过我确实不打算为引述伯肯黑德爵士对妇女写作的见解而费神。英奇教长的话也搁在一边。就让哈利街①上的专家去用他的聒噪在这条哈利街上激起回声吧,而我却依然心平气和,不为所动。但我还是要引

---

① 伦敦街名,著名外科医生的聚居地。

述一下奥斯卡·勃朗宁先生的话，因为勃朗宁先生曾在剑桥显赫一时，也曾为格顿和纽汉姆两所学院的学生考过试。奥斯卡·勃朗宁先生常说，看过任何一份试卷，都会让他以为，不管他打的分数高低，最优秀的女人在智力上跟最差的男人相比，还要等而下之。说完这句话，勃朗宁先生便转身回了房——而正是这后一点，让他如此受人爱戴，成了一个颇有分量和威仪的人物——他回到自己的房间，发现一个小马倌躺在沙发上——"瘦得只剩下皮包骨，双颊凹陷，脸色蜡黄，牙齿漆黑，看起来四肢瘫软无力……'那是阿瑟，'（勃朗宁说道）'他可是个难得的好孩子，品行那么优秀。'"在我看来，这样两幅画面正可以取长补短。而在如今这个传记盛行的年代，颇让人欣慰的是，这样的两种情形，也确实勾勒出了更为完整的画面，也因此，对于大人物们的高见，我们才可以既听其言，又观其行，才可以理解得更为透彻准确。

虽然现在这已成为可能，但即便只是在五十年前，大人物嘴里若是说出这种话来，还是会让人大惊失色。不妨假设，一位父亲，出于好心，不愿让女儿离开家去做什么作家、画家或是学者。他准会说："听听奥斯卡·勃朗宁先生是怎么说的。"何况，远不止奥斯卡·勃朗宁先生这么说，还有《星期六评论》，还有格雷格先生——"妇女存在之本质"，格雷格先生斩钉截铁地说，"就在于为男人所供养，并伺候男人。"——大男子主义的观点不胜枚举，大体上都是在说，女人的才智一无可取。即使那位姑娘的父亲并没有大肆说教，她自己还是可以读到这些观点。而这样的文章，就算是在19世纪的今天读到，也会让人觉得心灰意冷，让她的作品也因此受了影响，打了折扣。总有人会斩钉截铁地跟你说——这是你不能做的，那是你做不到的——而我们就应该提出抗议，去摆脱这种影响。也许对小说家来说,这种病菌已经不再那么容易让人感染,因为,已经有了杰出的女小说家。但画家们,一定还在为之困扰。而我想,音乐家们,哪怕是到了现在,一定还在深受其害。女作曲家的地位,就和莎士比亚时代的女演员地位相同。我想起了自己编的那个莎士比亚妹妹的故事,尼克·格林曾说,女人演戏让他想到狗儿跳舞。两百年后,约翰生对布道的妇女又重复了同样的话。而翻开一本有关音乐的书,此时,我可以说,就在公元1928年,对于试图作曲的妇女,这些字眼又出现了。"关于热尔梅娜·塔耶芙尔小姐,我只能重复约翰生博士对一位女教士所说的至理名言,不过要换成音乐的说法。'先生,一个女人作起曲来,就像一条狗要用后腿走路一样。曲子自然不好,不过,让人吃惊的还是她竟然会去作曲。'"①历史的重现,就是这般毫厘不爽。

因此,合上奥斯卡·勃朗宁先生的传记,也抛开其他人的不谈,我的结论就是,很明显,即便是在19世纪,人们也不鼓励女人成为艺术家。相反,女人遭人冷落、侮辱、训诫、规劝。她们又要抵制这个,又要反对那个,势必思想紧张、筋疲力尽。在这儿,我们谈论的范围仍然没有超出那个非常有趣却又不招人注意的男性情结,它对妇女运动产生了巨大影响。这一根深蒂固的愿望,即,与其要让她低人一等,不如让他高人一筹,使得他不仅处处横挡在艺术的前面,还封锁了通往政治的道路,哪怕给他带来的风险微乎其微,而乞求者谦卑又忠诚。我记得,就连对政治满腔热情的贝斯伯勒夫人也一定屈身低头,写信给格兰维尔·莱韦森-高尔:"……尽管我对政治极为狂热,也就这个话题谈了很多,但你说女人无权搞

---

① 《当代音乐概述》,塞西尔·格雷,第246页。——原注

政治或是其他严肃的事业，顶多(在别人问起她时)给点意见，这点我倒是完全同意。"她接着将一腔的热情都花在了那个极其重要，对她也毫无阻碍的话题上去了，那是格兰维尔勋爵在下议院的首次演说。这在我看来才是个奇怪的情形。男人反对妇女解放的历史也许比妇女解放本身的历史还要有趣得多。若是格顿或纽汉姆学院的哪位学生搜集来例证，演绎出什么理论来，大可以写出一本有趣的书来——不过，她可要准备好一副厚手套戴在手上，还要有磐石般的意志来保护自己。

不过，合上贝斯伯勒夫人的书之后，我所想到的，是现在看来可笑的地方，人们也曾极为认真地对待过。我敢说，如今被认作无足轻重，只有那么几个人用来打发夏夜的闲书，也一度让人为之潸然落泪。你们的祖母以及曾祖母辈中的人，为这些书失声痛哭的不在少数。弗洛伦丝·南丁格尔也因为痛苦而放声哭号①。何况，对你们来说，一切尚好，可以读大学，有了自己的起居室——还是说，不过是卧室兼起居室？——你们便可以说，天才大可以对这些意见不屑一顾，天才应当超然于旁人的议论。不幸的是，正是天才的男人和女人才最在意众人对他们的评头论足。请记住济慈，记住他为自己刻下的墓志铭。再想想丁尼生，想想——不过，似乎不用我一一举出这些无可否认的事实，虽然，事实确实让人惋惜，但过分在意自己的名声正是艺术家的天性。而文学中自然也不乏由于过分在意旁人的议论而毁于一旦者。

在我看来，这种敏感使他们的不幸加倍，因为若要直抒胸臆，

---

① 参见弗洛伦丝·南丁格尔著，《卡珊德拉》，见于 R·斯特雷奇著，《事业》。——原注

把心中的作品完整顺利地写出,这种巨大的努力有赖于艺术家炽热澄明的心境。这就回到了我最初提出的,何种心境才有益于创作的问题。看着眼前摊开的《安东尼与克莉奥佩特拉》,如我所想,那就是莎士比亚的心境,无有杂念,亦无所牵挂。

尽管我们说,对于莎士比亚的心境我们一无所知,诚然如此,在我们说出这句话之时,我们也道出了一些有关莎士比亚心境之事。之所以我们对莎士比亚知之甚少——若是与多恩或是本·琼生,又或是弥尔顿相比的话——是因为,他所有的忿恨、怨气和憎恶都不为我们所知。他也没有什么"秘闻"供我们联想。抗议、劝诫、诉冤、报复,让全世界来见证艰辛与不公,这一切的痴心妄想都从他的身上燃烧殆尽,烟消云散了。所以,他的诗歌自由地奔流,无拘无束、无挂无碍。若曾有人将自己的作品表达得如此圆满,那就是莎士比亚。我再次转向书架,心里想到,若曾有人的心境如此澄明清净,那就是莎士比亚的心境。

四

我们发现,在 16 世纪,显然找不到一位心境如此的妇女。只要想一想伊丽莎白时代雕刻在墓碑上的那些儿童,没有一个不是双手紧握跪在地上的。想一想他们的夭折,看一看他们家中狭窄阴暗的小房间,便会意识到,妇女怎么可能写得出诗歌呢。我们所期望的,只能是在晚近的时候,兴许有位了不起的女士,凭借着自己相对自由而舒适的条件,写下一些诗行,出版发行,署上自己的名字,还要冒着被人视为怪物的风险。我继续思忖,并且要她小心翼翼,以免和丽贝卡·韦斯特一样,成了"十足的女权主义者"。男人,当然并非势利之徒,但对于某位伯爵夫人在诗歌上付出的努力,他们多半是带着同情而表示欣赏。可想而知,一位有头有脸的女士得到的鼓励与赞扬,要远远超过某位不为人知的奥斯汀小姐或是勃朗特小姐在那个时代可能得到的所有称赞。同样可想而知的是,她的心境想必为一些与创作格格不入的情感所干扰,譬如恐惧和愤恨,在她的诗歌中,这些干扰也都有迹可寻。我看到了温切尔西夫人①的书,就拿她来做例子,我这样想着,拿下了她的诗集。她生于 1661 年,贵族出身,嫁的也是名门,她没有子女。她写诗,但一翻开她的诗卷,便可以听到她为了抗议妇女的地位而发出的怒吼:

> 我们如此沉沦! 荒谬的规矩让我们沉沦,
>
> 我们并非天生冥顽,教养却将我们愚弄;
>
> 心灵无处发展,却如人所愿,
>
> 按部就班,变得沉闷,没了生气;
>
> 若有人凭借热切的幻想,
>
> 让壮志张开了翅膀,脱颖而出,
>
> 仍会遇上无比的反对势力,
>
> 纵有成功的希望,终不敌那恐惧的力量。

显然,她的心境绝无可能是"无有杂念,亦无所牵挂"。正相反,她的心为怨恨和不公而烦忧分神。在她看来,人类一分为二。男人皆是"反对势力",男人既可恨,又可惧,因为他们大权在握,阻住了她心中的去路——那就是写作。

> 啊! 那试笔的女人,

---

① 温切尔西,Ann Finch Winchilsoa,(1661~1720),英国女诗人。

> 人们只当她肆意而妄为
>
> 这等过失，纵有美德也无从相救
>
> 他们说，我们不知身份，有失仪态；
>
> 良好的教育、时装、舞蹈、打扮和游戏，
>
> 才是我们恰当的志向；
>
> 写作、阅读、思考，或是探究，
>
> 会遮掩了我们的美貌，耗费我们的光阴，
>
> 叫人停下了征服我们青春的步伐，
>
> 而乏味地把下人的房间打理停当
>
> 却被认为是我们最高的艺术、最大的成就。

而实际上，她不得不假定自己的作品永远不会出版，这才能鼓足勇气继续创作。她要以哀伤的咏唱来抚慰自己：

> 向几位朋友，并为你的哀伤歌唱，
>
> 那月桂树，从未因你而成林；
>
> 那林荫下黝黯无光，而你在其间已心满意足。

诚然如此，倘若她可以放下心中的忿恨和恐惧，不再平添上痛苦和不满，还是可以清楚地看到她心中燃烧的那团烈焰。她的字里行间也会流露出纯粹的诗意：

> 那褪色的丝线又怎可以
>
> 绣得出一丝一毫，玫瑰的华丽。

这些诗行得到了默里先生公正的赞许，据说，蒲柏记下并在自己的诗中借用了这样几句：

> 如今，水仙战胜了虚弱的头脑；

我们在那芬芳的痛楚下沉沉昏迷。

可以写出如此的诗句,如此倾心于自然、静心于思考的女人,却不得不去书写怒火和痛苦,这太令人遗憾了。可她又怎能不如此呢?我一想到那些讥讽和嘲笑、马屁精的奉承、职业诗人的怀疑,我不禁如此自问。她想必是把自己关在某个乡间的房里写作,被心中的顾虑和痛苦折磨得肝肠寸断,尽管她的丈夫对她体贴入微,婚后生活也尽善尽美。我说"想必",因为若是有人想要知道温切尔西夫人的生活,照例会发现,我们对她也差不多还是一无所知。她饱受忧郁之苦,这一点我们至少可以说出几分真相,因为她告诉我们,忧郁时她的想象:

> 我的诗行为人诋毁,我的作为受人揣测
>
> 这是愚蠢的徒劳,还是狂妄的过失。

如此遭人非难的作为,就我们所知,不过是些无伤大雅的田间漫步和心中的遐思而已:

> 我的手喜欢去追寻独特与稀奇,
>
> 偏离了坦途,不走大道,
>
> 那褪色的丝线又怎可以
>
> 绣得出一丝一毫,玫瑰的华丽。

自然,如果这便是她的乐趣所在、习惯使然,那难免会让人嘲笑,据说蒲柏或是盖伊就讽刺她"是位爱涂鸦的书呆子"。又据说她曾嘲笑盖伊,因此得罪了他。她说他的《琐事》表明"他更适合抬轿子,而不是坐在上面。"不过,默里先生说这只是"流言蜚语",而且"无聊"。但这一回,我却不敢苟同,因为我倒是认为,哪怕只有流言蜚语,也是多多益善,这样我便大有可为,可以找到或是拼凑出这位忧郁夫人的某种形象来。她喜欢在田间漫步,常有一些奇思妙想,对于"无聊的家务",如此犀利、如此轻率地大加菲薄。不过,默里先生说,她变得散乱芜杂了。她的才华长满了杂草,为荆棘所缠绕,再没有可能绽放原先独特曼妙的光彩。所以,我把她的诗集放回了书架,转向了另外一位了不起的女士,那位傻头傻脑、整日想入非非,却让兰姆钟情的公爵夫人,纽卡斯尔的玛格丽特,她比温切尔西夫人年长,不过也是同一时代的人。她们二人截然不同,但同为贵族,也都没有子嗣,嫁的也都是最好的丈夫。两人对诗歌都是满腔的热忱,也因为同样的原因而为之形容憔悴。打开公爵夫人的书,看到的,是同样燃烧的怒火,"妇女像蝙蝠或是猫头鹰一样生活,像牲畜一样劳作,像虫子一样死去……"玛格丽特也是一样,本可以成为诗人。在我们这个时代,如此付出总可以推动某个车轮向前滚动。但在那时,她那狂野、充沛而又未经雕琢的智慧,又怎能够被驯化或是文雅到可以为人类所用?只是喷涌而出,肆意流淌,杂乱无章地造就了韵文和散文、诗歌与哲学的洪流,凝固在无人问津的四开本或对开本上。本该有人为她递上一台显微镜,让她拿在手中。本该有人教她仰望星空并且科学地思考。她的才智是在孤独与自由中练就的,没有人来阻挡,也没有人来教导,只有教授们的逢迎,宫廷里的奚落。埃杰顿·布里奇斯抱怨过她的粗俗——"竟来自一位出身名门又在深宅大院里长大的女人"。她把自己独自关在韦尔贝克。

想一想玛格丽特·卡文迪什,脑海中会浮现出怎样的一幅孤独而绚丽的画面!仿佛一株巨大的黄瓜在花园里蔓延生长,将玫瑰和康乃馨淹没在身下,令其无法呼吸,窒息而亡。这个女人曾写出了"最有教养的女人莫过于头脑最文明的女人",却把她的时间挥霍在了胡涂乱写废话之上,并在糊涂和愚行中愈陷愈深,以至于出行之时,竟有人蜂拥在她的马车四周围观,真是何等浪费。显然,这位疯狂的公爵夫人已被当成了老妖婆,用来吓唬那些聪明的姑娘们。这时,我想起多萝西·奥斯本曾写信给坦普尔,跟他谈起公爵夫人的新作。我便把公爵夫人的书放在一边,打开了多萝西的书信集。"果然,这个可怜的女人是有那么点儿精神错乱,要不然,她怎么会这么荒唐,胆子大到去写书,写的还是诗歌,就算我两个礼拜都睡不着觉儿,也不至于会这么做。"

所以,既然理智而谦逊的女人不能写书,那么多萝西,这个敏感又忧郁,性情脾性都和公爵夫人大相径庭的女人,便什么都不曾写过,除了书信。一个女人可以坐在父亲的病榻前写信,可以在炉火旁,在男人交谈的时候写信,而不会打扰他们。但奇怪的是,我一边翻看着多萝西的信件,一边想,这位未经教导、孤独的姑娘在遣词造句、勾画场景方面拥有何等的天分啊。听听她接下来说的话:

"吃过饭,我们坐下来聊天儿,说到了 B 先生,后来我就离开了。读书、做活儿,就这样打发炎热的白天,大约六七点钟,我出了家门儿,到了家附近的一片公共草地,那儿有一伙儿年轻的乡下姑娘正在放牧牛羊,坐在树荫下唱着民歌儿。我走近她们,她们的嗓音和美貌跟我在书上读到的古代牧女可大不相同,不过,相信我,她们的天真无邪和那些牧女并没有什么两样。我和她们谈天儿,发现她们个个儿心满意足,个个儿是世上最快乐的人,就差了她们自个儿还不知道。我们谈着谈着,就有一位姑娘东张西望,看见了她的牛跑进了麦地,她们爬起来就全都跑了,好像脚底下长了翅膀一样。我没那么灵活,所以落在了后头,而等我见着她们把牛儿全赶回了家,我想我也该回去了。吃完喝完之后,我就去了花园儿,走到一条流水潺潺的小河儿边,坐了下来,真想你就在我身边儿……"

我们大可以确信,在她的身上也有着作家的潜质。不过"就算我两个礼拜都睡不着觉儿,也不至于会这么做"——在我们发现,即使是一位极具写作才能的女人也说服了自己相信写书实属荒唐,甚至是精神错乱的时候,我们可想而知,那空中回荡着的反对女人写作的声音会有多么响亮了。我把多萝西·奥斯本那薄薄的一册书信放回了书架。接下来我找到的,是贝恩太太①的书。

到了贝恩太太这里,我们走到了一处非常重要的转折点。我们把那些孤独的贵妇留在身后,她们写书,不过是自娱自乐,既没有读者,也听不到批评,只和自己的那些对开本禁闭在她们自己的花园里。我们来到城里,和街上的普通百姓摩肩接踵。贝恩太太是一名中产阶级妇女,拥有普通百姓的种种美德:幽默、活泼、勇敢。她因为丈夫的死和生意上的失败,而不得不凭借自己的才华来谋生路。她不得不和男人在相同的条件下写作。她勤奋有加,挣到的钱足以维持生计。而这一事实的重要性,胜过了她写出的任何作品,即便是那篇出色的"千次殉道",或是"爱神坐在奇妙的胜利之中",因为自此,心灵获得了自由,换句话来说,不久之后,她们就可以尽情写出心中的所喜所爱了。因为,既然阿芙拉·贝恩做出了榜样,姑娘们就大可以去跟父母说,你们不用再给我零花钱了,我可以凭自己的笔养活自己。但不用说,几年之后我们都还会

---

① 贝恩,Aphra Behn,(1640~1689),英国戏剧家、小说家、诗人,第一位以写作为生的英国妇女。

听到这样的回复:好啊,就像阿芙拉·贝恩那样! 还不如死了好! 门比以往摔得也更加响亮。女人的贞洁,在男人眼中如此重要,还影响到了妇女的教育,这个意味深远、颇有趣味的话题,此时此刻有了讨论的必要,若是有格顿或纽汉姆学院的学生就此话题做一番研究,兴许会写出一本妙趣横生的书来。达德利夫人珠光宝气地坐在蚊虫纷飞的苏格兰荒野中,这大可以作为卷首的插图。达德利夫人辞世的那天,《泰晤士报》写道,达德利勋爵是"一位品味高雅,多才多艺的先生,心地善良为人大方,但却尤为专横。他定要自己的夫人盛装打扮,哪怕去苏格兰高地狩猎,在最偏僻的木屋里也要如此。他为她戴上灿烂夺目的珠宝,""他给了她一切——却不要她付上一点责任。"那种古怪专横在 19 世纪也依然存在。后来达德利勋爵中了风,自此以后,她便一直服侍他,以过人的才干打理他的庄园。

还是回到正题。阿芙拉·贝恩证明了,也许,牺牲一些令人愉快的美德,写作是可以赚到钱的。而长此以往,写作也就不再只被看作愚行或是精神错乱,而是有了实际的重要性。说不定,丈夫会先她一步离开人世,或是家中飞来横祸。18 世纪尾声将至,数以百计的妇女做起了翻译或是写下了无数蹩脚的小说,为自己挣些零花钱或是用来贴补家用,只是如今连教科书上也无迹可考了,不过,在查令十字街的四便士书摊上,还可以找得到。18 世纪末的妇女,头脑异常活跃——她们做演讲、组织集会,撰文评论莎士比亚,翻译经典著作——足以证明,妇女可以通过写作来赚钱。钱让先前的消遣添了些荣光。也许,人们还有理由继续嘲笑她们是"爱涂鸦的书呆子",但谁也不能否认,她们可以把钱放进自己的钱包了。这样一来,在 18 世纪即将结束之际,一场转变开始了,若是由我来重写历史,我会把这一转变原原本本地记录下来,因为在我看来,这比十字军东征或是玫瑰战争的意义还要重大。

中产阶级的妇女开始写作了。因为,如果说《傲慢与偏见》确有价值,《米德尔马契》《维莱特》和《呼啸山庄》确有价值的话,那么妇女写作的意义,要远远胜过我在这一小时中所能证明的,而我所谓的妇女,不仅仅是指那些关在乡野,在自己的对开本中孤芳自赏,或是为人奉承的贵妇们,更是指普通妇女。没有那些先行者,简·奥斯汀和勃朗特姐妹以及乔治·艾略特便不能写作,正如莎士比亚不能没有马洛,马洛不能没有乔叟,而乔叟又不能没有那些已被遗忘了的诗人,是他们驯服了语言的桀骜,为后人铺平了道路。须知每一部杰作都并非孤身一人来到世间,它们无不是经年累月共同思考的结果,是群体智慧的结晶。因而,在一个人的声音之后,响起的其实是众人的共鸣。简·奥斯汀应该在范尼·伯尼的坟茔上放下一个花环,而乔治·艾略特则应向伊丽莎·卡特——那个坚定地在她床头拴了个铃铛,好让她能早些起来学习希腊文的老太太——健硕的阴魂致以敬意。所有的女性都应当去阿芙拉·贝恩的坟头,为她撒满鲜花,虽然她被葬在威斯特敏斯特教堂里,多少有些惊世骇俗,但也恰如其分,因为正是她为她们赢得了表达心声的权利。正是她,尽管她名声不佳,举止轻佻,才让我今晚对你们所说的听起来不至于那么异想天开:用你们的智慧每年赚五百英镑。

如今,我们到了 19 世纪初。就在这里,我第一次发现,有几个书架上摆放的全是妇女写的书。可我看过书架之后,不禁问道,为何除去极少数的几本,眼前全是小说?要知道,诗歌才是创作冲动最初的所属。"歌者之尊"也是一位女诗人。不管是在法国,还是在英国,女诗人都要先于女小说家。何况,看看那四个著名的名字,乔治·艾略特和艾米莉·勃朗特又有什么共通之处?夏洛蒂·勃朗特不是完全无法理解简·奥斯汀吗?除了她们都没有孩子这一点似乎可以把她们联系在一起,只要能在一间屋子聚在一起的四个人都不会比她们更加格格不入——以至于假设她们间的会面和交谈可以让人如此心仪。可是,当她们开始动笔之际,不知是什么力量在左右她们,让她们全都选择了小说。这是否与她们出生于中产阶级有关,我这样问,又是否,像艾米莉·戴维斯小姐稍后向我们清晰地展现的,在 19 世纪初,中产阶级的家庭成员共用一间起居室? 如果妇女想要写作,她就只有在公共房间里写了。因此,南丁格尔小姐如此愤愤不平——“女人从没有过半个小时……是属于自己的”——总是有人打断她。诚然如此,写写散文和小说,还是要比写诗或戏剧容易。因为无需那般专心。简·奥斯汀就这样一直写到她生命的尽头。“她能完成这一切,”她的侄子在为她撰写回忆录时说,“真让人意外,想一想,她连一间书房都没有,那就意味着必须要在共用的起居室里做完大部分的工作,不时被各种情况打断。她小心翼翼,不让仆人、到访的客人或是家人之外的任何人疑心她在做的事情。”①简·奥斯汀把手稿藏起来或是用一张吸墨纸盖在上面。而且,在 19 世纪初期,妇女接受的所有文学训练,均在于观察人物、分析情感。妇女的情感,几个世纪以来,一直就是在人来人往的起居室中孕育而成的。形形色色的情感给她留下了深刻的印象,各式各样人与人之间的关系呈现在她的眼前。因此,中产阶级的妇女一开始从事写作,她

---

① 《回忆简·奥斯汀》,由她的侄子,詹姆士·爱德华·奥斯汀—利著。

所写的自然就是小说,尽管这么说看上去没错,不过,在我们提到的那四位著名的女性中,有两位就其本性而言,却并非小说家。艾米莉·勃朗特本该写诗,乔治·艾略特的创作冲动本属于历史或是传记,那里才施展得开她旷阔胸怀中涌动的才华。但她们却都写了小说。我把《傲慢与偏见》从书架上拿了下来,我得说,人们不妨更进一步,说她们写出了很好的小说。人们可以说,《傲慢与偏见》是一部好小说,这既非夸耀,也不至于让男人痛苦。无论如何,若是被人发现在写《傲慢与偏见》,这绝不是件丢人的事。但让简·奥斯汀高兴的是,门轴会吱嘎作响,这样,还没等有人进来,她就可以把手稿藏好。在简·奥斯汀看来,写作《傲慢与偏见》总有些不够光彩。这让我好奇,要是简·奥斯汀认为不必把手稿在来客面前掩藏起来,《傲慢与偏见》会不会写得更为精彩?我读了一两页,想看看有无这种可能,却找不到一丝一毫的迹象,哪怕是最轻微的可以说明生活环境影响了她的创作的。这恐怕才是奇迹所在。我们看到这样一位女人,在 1800 年前后写作,心里没有怨恨,没有辛酸,没有恐惧,没有抗议,没有说教。莎士比亚就是这样写作的,看着《安东尼与克莉奥佩特拉》,我这样想。而人们若是将莎士比亚与简·奥斯汀做比较,他们的用意,大概就是要说,这两人的心中都已经了无挂碍了。也因此,我们并不了解简·奥斯汀,并不了解莎士比亚,也因此,简·奥斯汀的字里行间处处是她的身影,莎士比亚亦复如是。若是说,环境给简·奥斯汀带来了任何不便的话,那就是强加给了她一个过于狭隘的生活。一个女人,要想只身上路,四处走走,那是绝无可能。她从未旅行过,从未乘过马车穿行伦敦,也未曾独自在某家店里用过餐。不过,也许简·奥斯汀生性如此,并不奢求不曾有的东西。她的天赋与她的生活环境相得益彰。但当我打开《简·爱》,把它放在《傲慢与偏见》旁边时,我对自己说,我怀疑,夏洛蒂·勃朗特的情况并非如此。

我翻到了第十二章,看到了这样一句话,"谁爱责怪我就责怪我吧。"我不禁好奇,夏洛蒂·勃朗特有什么好被人责怪的呢?我读到简·爱在费尔法克斯太太做果冻的时候,是如何爬上了屋顶,眺望远方的田野。然后她开始渴望——正是因此勃朗特才为人责怪——"我渴望可以看到比那里更远的地方,看到那个繁华的世界。在城市和各个地方,都有我听说过的生活,却从未见过。我便渴望比现在拥有更多的人生经历,与更多和我一样的人交往,结识更多性格各异的人,而不是被关在这个小圈子里。我珍视费尔法克斯太太的善良,还有阿黛勒的善良,但我相信还有其他不同种类、更为生动活泼的善良存在,而我所相信的,我就希望能亲眼看到。"

"有谁来责怪我?很多人,没错,你可以说我不知足。我也无能为力:我天生便不安分。有时,这让我痛苦……"

"空谈人应安于宁静的生活毫无益处,他们必须有所行动,即使找不到行动的目标,也要创造出来才好。无数的人注定要落入比我更为沉寂的结局中去,也有无数的人默默地与自己的命运抗争。没有人知道在芸芸众生之中,又有多少抗争在人们的心底深深埋藏。一般人都认为妇女最宜安分,不过女人的感觉和男人并无二致。她们和自己的兄弟一样,需要发挥她们的才华,施展她们的拳脚。苛刻的条件、止步不前,男人所要经历的一切,女人同样也要面对。也有条件更优越的女人,对她们来说,女人只应做做布丁、织织袜子,弹钢琴或是绣花袋,这未免显得目光短浅、心胸狭隘了。若是她们想要打破习俗对她们的约束,要去做更多的事情,学更多的东西,却有人来谴责或嘲笑,那未免也太过愚蠢。"

"我如此一人时,耳边常听到格雷斯·普尔的笑声……"

我想,这儿的停顿有些突兀。突然扯上格雷斯·普尔,不免让人扫兴。连贯性被打断了。我把书放在《傲慢与偏见》的旁边,我再继续,人们或许会说,写出了那些文字的人要比简·奥斯汀更有才华,但要是从头到尾读完这段话,留意到文字间的不连贯,留意到这种愤怒,人们就会明白,她永远无法把自己的才华完整而充分地表达出来。她的作品注定要扭曲变形。本该行文冷静之处,下笔却带了怒火。本该笔藏机锋,却写得愚蠢可笑。本该塑造角色,却把自己写了出来。她在与命运抗争。她除了备受阻扰,处处受制,以致早早离开了人世,又能怎样呢?

我情不自禁地让自己陷入幻想,要是夏洛蒂·勃朗特每年能有三百英镑,那会是怎样——不过,这个傻姑娘把小说的版权一股脑儿卖了一千五百磅。要是对这个花花世界,这个充满生命力的城市和地方,多上几分熟悉,多上一些实际的经历,与更多和她一样的人交往,结识了更多性格各异的人,那又会是怎样。在她的那番话中,她不光是道出了自己作为小说家的不足,还道出了那个时代女性的不足。没有人比她更清楚,若不是在眺望远方的田野、寂寞地憧憬中消磨了自己的才华,若是允许她去体验、去交际、去旅行,她将会有何等的收获。但没有任何机会,她被拒之门外,我们只能接受事实,承认所有这些出色的小说,《维莱特》《爱玛》《呼啸山庄》《米德尔马契》,都出自那些足不出户的女人笔下,她们的人生经历,不外是进了一位体面牧师的家门。这些小说,也是在这个体面家庭的公共起居室里写成的,而写书的女人们,穷得连纸都不能一次多买几刀,来写《呼啸山庄》或是《简·爱》。她们中的一位,乔治·艾略特,在历经磨难后终于得以摆脱这种境地,虽说这话不假,但也不过是隐居在了圣·约翰森林中的别墅而已。而即便定居于彼,也依然还处在世人非难的阴影之中。"我希望人们可以理解,"她如是写道,"若没有人要求,我永远不会请任何人来看我。"这难道不是因为,她和一个有妇之夫生活在一起,犯下了罪行,而只消看上她一眼,不管是史密斯夫人或是哪位不请自来的什么人,都会有损贞洁? 妇女必须遵从社会习俗,必须"与世隔绝"。而与此同时,在欧洲的另一侧,则有一位男士逍遥地与这个吉普赛姑娘,或是那位贵妇名媛生活在一起,去奔赴战场,随心所欲、无拘无束地经历着丰富多彩的人生,而后来,当他开始写书的时候,这些便成了不可多得的素材。要是托尔斯泰与一位"与世隔绝"的有夫之妇也隐居在修道院里,且不管这道德教训会是多么地给人启迪,我想,他恐怕是写不出《战争与和平》来的。

不过,对于小说的创作,以及性别之于小说家的影响,或许还可以深入探讨一下。如果闭上双眼,把小说想象成一个整体,就会发现,小说虽是创造,却如同镜中的生活,与现实生活如此相似,尽管处处可见简化和扭曲。更准确来说,小说是一种结构,在人们的心中投下其形式,时而成方,时而成塔,有时伸出侧翼和拱廊,有时坚实紧凑,拱顶犹如君士坦丁堡的圣索菲亚大教堂。回想起几部著名的小说来,我想,这一形式在人们的心中激起了与之相称的情感。不过,这种情感立刻便融入了其他的情感之中,因为,这"形式"的结构,并非砖石的相砌,而是凭借着人与人之间的关系造就而成的。这样一来,一部小说便在我们心中激起了各种敌对和矛盾的感情。生活和非生活的东西相互冲突。因此,小说如何也就莫衷一是,而个人的好恶也让我们摇摆不定。一方面,我们觉得你——主人公约翰——必须活下来,否则我会堕入绝望的深渊。

另一方面,我们又觉得,啊,约翰,你还是死去吧,因为这是小说的形式所需。生活与并非生活的东西相互冲突。而既然小说在某种程度上亦是生活,那我们就将之当作生活来加以评判。詹姆士这种人我最讨厌,有人这样说。或者,这真是一派胡言乱语。我自己就从没见过这种事情。想一想任何一部著名小说,显而易见的是,所谓整体结构,其实是一种无限的复杂性,其中交织着纷繁众多的判断,各式各样的情感。令人惊奇的是,这样写就的一部书也能俨然一体地流传下来,而在英国读者的心中,所理解的,和俄国读者、中国读者的理解也竟有可能并无二致。不过有时,有些书的完整俨然确实不同凡响。而让这少数的传世之作(我想到的是《战争与和平》)如此俨然一体的,就是我们所称的诚实,虽然这无关乎付不付账或是危难面前的高风亮节。我们所谓的诚实,在小说家这里,指的是他让人相信,这就是真实。没错,人们会想,我永远也想不到事情会是这样,我可从没见过有人会那样做。可你让我相信,就是如此,就是这样发生了。人们读书,书中的每一句话、每一个场景都有一道光照亮——那是造化的神奇,让我们心中生出光明,来把小说家的诚实和虚伪看得清楚分明。也或许,是造化一时的心血来潮,在心灵之墙上用隐形的墨水写下了预兆,来由这些伟大的艺术家将之印证,只须燃起天才的火焰,那预兆便可以看到。当其昭然若揭,如此生气勃勃地为人所见时,人们不禁欢呼,这岂不是我一直所感觉到,所熟知,所渴望的吗!我们心潮澎湃,近乎崇敬地合上书页,仿佛这无比珍贵,可以时常翻开,从中受益,直至一生,我们把它放回到书架上,我说着,把《战争与和平》放回原处。可另一方面,若是读到了蹩脚的句子,虽然也色彩亮丽、姿态奔放,初读起来也能立刻便与之热切共鸣,但细细审视,也便至此而止了:似乎有什么在阻碍着它们的发展,或是在我们的审视下,只在边边角角里看到了几笔淡淡的涂鸦,看到一处污迹,没有整体,也不充分,只让我们失望地叹息了一声说,又是一部失败之作,这部小说在什么地方出了岔子。

而大多数情况下,小说当然会在某些地方出岔子。想象力不堪重负,自然步履蹒跚。洞察力也神志不清,连真与假都无力再去分辨,更没有气力去继续如此的伟业,因为这时刻都要求将种种不同的才能灵活运用。何以小说家的性别会影响到凡此种种,我看着《简·爱》和其他书,心下思忖。一位女小说家,她的性别何以会干扰了她的诚实——而在我看来,诚实正是作家的脊梁。看来,在我引自《简·爱》的那一段文字中,怒气的确影响了小说家夏洛蒂·勃朗特的诚实。她放下本该全心全意创作的小说,开始宣泄个人的积怨。她记起自己被剥夺了本应经历的生活——在她想要自由自在地周游世界时,却不得不困在某个教区牧师的家中修补袜子。她的想象力因愤怒而走错了方向,这被我们察觉到了。可远不止愤怒在牵扯着她的想象,让之偏离了方向。譬如说,无知。罗切斯特的肖像就是在黑夜中画就的。这是恐惧从中作祟,就像处处可见的尖酸刻薄,那是苦闷的结果,是激情之下郁积的痛苦之火还在慢慢燃烧,是积怨,让这些诚然出色的书因痛苦而痉挛。

而既然小说与真实生活如此紧密相连,那小说的价值,从某种程度上来说,也就是真实生活的价值所在。不过,显而易见的是,女人的价值观与男人比,常是相去甚远,这是很自然的事情。然而,占上风的,却是男人的价值观。简单来说,足球和比赛自然"重要",追逐时尚、买衣服则是"琐事"。而这类价值观则不免从生活进入了小说。这本书意义重大,评论家会说,是因为它涉及战争。

这一本就无足轻重,它描写的是客厅里女人们的感受。战场上的情形自然远比商店里的画面更为重要——价值的微妙差异随处可见。因此,19世纪早期小说的整体结构,如若是出于女性的笔下,那就是在这样一种略失直率的心境下,为了迁就外界的权威而不得不放下自己清晰的看法,换了眼界之后写就的。只需翻开那些已为人遗忘的旧时小说,听一听其中的语气,便知道作家正忙于应付批评。她时而挑衅,时而示弱,时而承认自己"不过是个女人",时而又抗议,说她"跟男人不相上下"。温顺、羞怯,还是怒气冲冲,如何对待批评,全要视她的性情而定。其实,态度怎样,并无关系,问题是,她所关心的已不再是事情本身了。她的书落在了我们头上。书的中心思想有个瑕疵。这让我想到,所有这些女人写的小说,散落在伦敦的旧书店里,就像果园里的小苹果,长着疤痕。就是这心中的疤痕让它们腐朽。她为了迎合别人的意见,而改变了自己的价值观。

不过,她们又如何能够不去左右摇摆?在这个父权一统天下的社会,面对着所有这些批评,要有何等的才华,何等的诚实,才可能不为所动,毫不退缩地坚持自己的见识?只有简·奥斯汀做到了,还有艾米莉·勃朗特。这又是她们可以引以为自豪的一件事,也许是最自豪的事了。她们按照女人的方式写作,而不是像男人那样。那个年代的上千名女小说家中,只有她们,毫不理会那固执的学究一成不变的训诫——要这样写,该那样想。只有她们对这喋喋不休的声音充耳不闻。牢骚也好,俯就也罢,蛮横也好,哀恸也罢,或是震惊、愤怒,还有如叔伯长辈般的谆谆嘱咐,这声音就是不肯让妇女有片刻的安宁,而是像一位一本正经的女教师,时刻对她们耳提面命,就像埃杰顿·布里奇斯爵士那样,敦促她们,务必要温文尔雅。甚至连诗歌的批评之中也要把性别考虑在内，[①]并告诫她们，如果想赢上一个，让我猜猜看，什么闪亮的大奖，那就要循规蹈矩，端庄得体，好让那位先生心里觉得合适——"……女小说家要想成功，只消鼓起勇气承认身为女人的局限，就可以了。"[②]这句话一语把问题道破，而当我对你们说，这句话并非是写在1828年的8月，而是1928年8月，这一定让你们吃惊了，我想，你们也会同意，不管这句话现在读来多让人觉得好笑，在一个世纪以前，这代表的却是力气更大、更为人津津乐道的大多数人的意见——我并不是打算翻旧账，我只是从脚边捡起了飘来的机会。在1828年，一个年轻女人，必须意志坚定，才可以抵制住所有的那些冷落、苛责以至大奖的诱惑。除非她有杀人放火的勇气，才对自己说得出：哦，不过他们不能连文学都买了去吧。文学对每个人都敞开着大门。我可不许你把我赶出这块草坪，就算你是个学监。爱把图书馆锁上就锁上吧，但休想把我自由的心灵关进门里，插上门闩，紧锁起来。

但不管挫折和批评对她们的创作影响如何——而我相信这种影响十分巨大——与她们（我所想到的，仍是那些19世纪初的小说家们）将思绪诉诸笔端之时，所要面对的另一个困难相比，也就不值一提了。所谓另一个困难，就是当她们拿起笔来时，身后并无

---

① "（她）沉迷于玄学，将之当为目的，这其中的危险，对于一位女人，尤为甚之，因为妇女对修辞的热爱，罕有男人那般健康。奇怪的是，样样都比男人更原始、更物质的女人，竟然独缺了这一样。"——《新标准》，1928年6月。——原注

② "若是像那位记者一样，你也相信，女小说家要想成功，只消鼓起勇气承认身为女人的局限，就可以了（简·奥斯汀[已经]展示过，如何优雅地做到这一点……）"——《生平与书信》，1928年8月。——原注

传统可循，即使有，也因为太短、不够完整而无济于事。因为，若是身为女人，我们便只能通过母亲来思考过去。不管我们从伟大的男作家那里获得了多少乐趣，向他们寻求帮助却还是徒劳无益。兰姆、布朗、萨克雷、纽曼、斯特恩、狄更斯、德·昆西——不管他是谁——尚未对妇女有过帮助，虽然她可能从他们那里学会了几个小把戏，在自己的书中派上了用场。男人心中的轻、重、缓、急，和她心里的相比，大相径庭，所以她也难以从中学到什么实实在在的东西。画虎类犬未免相去甚远。下笔之时，她首先发现的，或许就是，没有一句现成的话是可以供她使用的。所有伟大的小说家，像萨克雷、狄更斯还有巴尔扎克，他们的文笔都很自然，流畅而不马虎，富于表现而不矫揉造作，各有特色而又为大众所共飨。他们的小说，使用的是当下流行的句子。19世纪初流行的句子听起来大概是这样："他们作品之伟大，在于其立论绝不半途而废，而势必进行到底。再没有比实践艺术，不断创造真与美，更让他们为之兴奋和满足的了。成功催人奋进，而习惯则助人成功。"这是男人的句子。在其背后，我们看到了约翰生、吉本和其他的人。这种句子，女人用来并不合适。夏洛蒂·勃朗特，尽管有着出色的散文天赋，手中拿着如此笨拙的武器，脚下就未免踉踉跄跄，跌了跟头。乔治·艾略特拿着它犯下暴行，总是以辞害意。简·奥斯汀看到这样的句子不免心生嘲笑，便设计出合乎自己需要，流畅自然，优美匀称的句子来，一生不离不弃。因此，虽然论才华比不上夏洛蒂·勃朗特，她却远远说出了更多的东西。的确，既然自由充分的表达才是这门艺术的精髓所在，那么，谈到妇女的写作，传统的缺失、工具的阙如与不当，显然说明了很多问题。更何况，一本书的完成，并非只是把句子首尾相连那么简单，而是要用句子去构筑，形象点说来,就是构筑起拱廊和穹顶。而就连这一形式本身,也是男人们出于自己的需要,设计出来,留给自己所用的。没有理由相信,史诗或是诗剧的形式比这种句子更适合女人。但妇女一开始写作,原有的各种文学形式便已定了形,坚硬无比。只有小说,尚且年轻,足够柔软,还可以任她塑造——这或许,就是何以她会写小说的另一个原因。可是,即使是现在,谁又能说"小说"(我给它加上引号,是因为我觉得这一名称也并不合适),谁又能说,即使是这所有形式中,最柔软的一个,在她用来,就已经是恰到好处了呢?毫无疑问,一旦她可以自由地运用自己的四肢,我们便会发现,她会将之敲打成形,拿来以供己用。她会创造出新的工具,虽然未必是诗,来表达心中的诗意,因为正是这诗意仍无法宣泄。而我不禁又想,今天,一位妇女会如何来写一出五幕的诗歌悲剧呢?她会用诗行?——还是宁可用散文?

但这些都是难以解答的问题,仍在遥遥的暮色下晦暗未明。我必须将之放在一旁,以免跑了题,在它们的诱惑下走进一片荒芜的森林,迷了路,很有可能,最后落进野兽的口中。这是我所不愿的,而我也相信,你们也不愿听我谈到这样一个凄惨的话题,那就是小说的未来,所以在此我只是稍作停留,请你们注意,就妇女而言,物质条件对小说的未来至关重要。书籍多少要与身体相适,也就不妨说,与男人相比,女人写的书应该会更短,更紧凑,布局谋篇也无需长时间聚精会神的工作。不用担心别人的打扰,因为打扰在所难免。还有,似乎男人女人,用来滋养思想的神经,构造也不相同,若要它们全力以赴、出色地发挥作用,就必须因材制宜——举例来说,这种长篇大论、长达数小时的讲座,据说是几百年前的僧人发明,那么是否适合它们呢——对它们来说,工作与休息,又该如何一张一弛,不过,不要把休息当作无所事事,休息也是做事,只是换了某种不同的事情。那么,区别何在呢?这正是需要讨论、需要回答的问题,这正是妇女与小说的题中之意。然而,我再次走向书架,又想到,我要上哪里才找得到对女性心理的深入分析,并且,还要是女人写成的呢?要是因为妇女踢不好足球,就不让她们去从医——

幸运的是,我的思绪现在又转向了别处。

五

终于,我在一番信步闲逛之后,还是来到了放着在世作家作品的书架前。既有女人的,也有男人的,因为如今妇女所写的书,几乎与男人写的一样多了。或者,如果说事实还并非如此,如果说男人在两性之中,还是更为健谈的一方,那么,毋庸置疑的是,女人不再是只写小说而已了。书架上放着简·哈里森有关希腊的考古学著作,弗农·李的美学专著,格特鲁德·贝尔的波斯游记。林林总总,包括了一代人之前,妇女从不曾涉足的各类话题。有诗歌、戏剧还有评论,历史和传记,游记和各种学术研究著作,甚至还有几本哲学书,几本有关科学和经济学的著作。而且,虽然小说仍是主流,却因为与其他著作的联系,小说自身也大有可能已经变化了。那种天然去雕饰的简朴,妇女写作上的史诗时代,或许已一去不复返了。阅读与批评或许拓宽了她的见识,让她更为细腻。描写自我的冲动也已渐平息。她或许已经开始把写作当成一门艺术,而不再是表达自我的方法。从这些新小说中,我们或许可以找到对于此类问题的一些答案。

我随便从中抽出一本。这本书放在书架的一端,名为《人生之冒险》什么的,作者是玛丽·卡米克尔,这个十月刚刚出版。看上去是她的处女作,我自语道,不过,阅读时,务必要把这一本,当作一套很厚的丛书中的最后的一本,延续我刚刚浏览过的所有另外几本书——温切尔西夫人的诗集和阿芙拉·贝恩的剧作,还有那四位著名小说家的全部小说。这是因为,书籍总是前后相继,虽然我们好把它们分开评判。而我也必须把她——这位不知名的女人——视为所有另外几个女人的后裔,我刚刚见识了她们的境况,现在来看看她们的个性和局限又被她继承了多少。因而,我坐下来,拿出笔记本和一枝铅笔,看看我能从玛丽·卡米克尔的第一部小说《人生之冒险》中了解到些什么,可一想到小说给人的常不过是镇痛剂而非解毒剂,常让人昏昏睡去,而不是用燃烧的烙铁把人惊醒,我不免长叹一声。

　　我先是把这一页从上到下打量了一番。对自己说,我要先去领会她的句子何从写出,再去记清楚那些蓝眼睛、褐眼睛,还有克洛伊和罗杰之间可能会有什么关系。但得待我弄清了她手里拿的是一枝笔,还是一把锄头,才会有时间来关心这些。因此,我读了一两句话。随即便明白地感觉到,这其中有些不妥。句子间流畅的衔接被打断了。有什么被撕裂了,被划过,时而会从这儿或那儿迸出一个字眼来,在我眼前一闪而过。就像老戏中人们常说的,她"放开了"自己。在我看来,她就好比一个擦火柴的人,却无法将之点亮。可为何,我这样问,仿佛她就在我面前,简·奥斯汀的句子对你来说也不适合?就因为爱玛和伍德豪斯先生死了,这些句子也就必须统统抛弃吗?哎,我不禁叹息,竟然会这样。简·奥斯汀的笔下,就像莫扎特的协奏曲,美妙的旋律婉转相续,而这篇文字相比之下，就像是行舟海上，或浮或沉。这种短暂急促，上气不接下气的感觉，或许意味着她在害怕什么，或许是怕人叫她"伤感"，又或许是她记起妇女的作品曾被人称之为花哨，便刻意多添上了些荆棘。不过，若不是我仔细读了其中的一个片段，我也不能肯定这究竟是她本人，还是别的什么人。不管怎样，细读之下，我想，她还没有失去生命力。只是，过多地堆砌了事实。如此篇幅的一本书，恐怕连一半都用不上。（这本书只不过大约《简·爱》一半的长度。）不过，她还是有办法让我们全都——罗杰、克洛伊、奥莉维亚、托尼和比格汉姆先生——坐进了一条溯流而上的独木舟。等一下，我向后靠在椅背上说，在我做出进一步评论之前，我一定要把整本书仔细读上一读。

　　我告诉自己，我几乎可以肯定的是，玛丽·卡米克尔在跟我们要花招。我的感觉，就像是行进在之字形起伏的铁路上，当你以为车厢就要俯冲下去时，它却即刻飞速升起。玛丽是在打乱这种预期的顺序。她先是打破了句子，随后又打乱了顺序。好吧，只要她不是为了破坏而破坏，是为了创造，她自然有权利这样去做。但二者之中，究竟是哪一种，我还尚不能确定，除非她让自己面对一个特定的情形。我对自己说，我会给她一切自由，任她选择这是一个怎样的情形，哪怕是几个铁皮罐、几把旧水壶，只要她愿意，但她一定要让我信服，她确信就是这样的情形。而一旦她做出了选择，接下来就必须面对了。她一定会跳起来。而这样的话，我决心向她尽一个读者的职责，只要她会向我尽到作者的责任，我翻过一页，读了下去……请原谅我如此唐突地突然停下。是不是没有男人在场？你能向我保证，在那块红色的窗帘后面，并没有藏着查特莱斯·拜伦爵士的身影？你肯定在座的全是女人？那么，我要告诉你们，接下来我读到的是这样一句话——"克洛伊喜欢上了奥莉维亚……"不要吃惊，不要脸红。就让我们在自己的圈子里私下承认，这样的事情时有发生。有时，女人确实喜欢女人。

"克洛伊喜欢上了奥莉维亚"我读道。然后便突然意识到，这是多大的一个转变。在文学中，或许，这是克洛伊第一次喜欢上了奥莉维亚。克莉奥佩特拉并不喜欢奥克泰维娅。而若是她果真喜欢，那《安东尼与克莉奥佩特拉》将会整个变了样！我这样想着，任由自己的思绪，一时间，恐怕是离开了《人生之冒险》，若有人敢于说出来——这整件事被简化了，变成了传统的一部分——那将是如此地荒谬。克莉奥佩特拉对奥克泰维娅唯一的感情，就是妒忌。她的个头比我高吗？她的发式是如何梳理出来的？除此之外，也许，这出戏就不再需要什么了。可若是这两个女人之间的关系更为复杂，那会是多么有趣。我匆匆回顾了一下辉煌的小说长廊中女人的形象，在我看来，所有这些女人之间的关系，都太过简单了。太多的遗漏，太多的空白，未被尝试过。我尽力回想，在我所读过的书中，是否也曾有过一段属于两个女人的友谊。《十字路口的黛安娜》中有过这样的尝试。当然，在拉辛和古希腊的悲剧中，她们是知己。她们偶尔是母女。但几乎毫无例外，只有在与男人的关系中，她们才得以存在。想想就让人觉得奇怪的是，直至简·奥斯汀的时代，小说中所有伟大的女性，不仅只是供给异性来看，而且，只有在与异性的交往中才得以被看到。而这种关系在一个女人的生活中只是多么微小的一个部分啊。而一个鼻子上架着性别意识给他戴上的黑色眼镜，或是玫瑰色眼镜的男人，从这之中，又能看到些什么呢？也许，正因此，小说中的女人才有了如此古怪的禀性，要么美得惊人，要么丑得出奇，要么如天使般善良，要么如魔鬼般堕落——因为这皆来自情人的眼中,随着他的爱意充盈或是褪去,爱情成功或是不幸。当然,在 19 世纪的小说家笔下,就并非如此了。书中的女人变得多样,也更为复杂。确实,也许正是书写女人的欲望让男人日渐放弃了诗剧,因为诗剧过于强烈,难以将女人作为题材,这才发明了小说,以之作为载体,更为相宜。即便如此,即使是在普鲁斯特的文字中,也可以明显看出,男人对于女人的认识,仍是处处受了限制,有失偏颇的,这就如同女人对于男人的认识,又何尝不是如此呢。

况且,我低下头去再次看着这一页,继续想到,日渐明显的是,除去日复一日的家务事,女人也和男人一样,有了其他的兴趣。"克洛伊喜欢上了奥莉维亚。她们合用一间实验室……"我继续读下去,发现这两位年轻的姑娘正忙着切碎肝脏,而这似乎是治疗恶性贫血的良方。尽管其中一个已经结了婚,还有了——我想,说出来是对的——两个小宝宝。而这些,当然了,都必须被省略不提,也因此,小说中这幅光彩夺目的女肖像又变成了寥寥几笔,单调而乏味。举个例子,我们不妨假设文学中的男性形象也只是作为女性的恋人而出现,从来都不曾做过男人的朋友、军人、思想家或是空想家。那么莎士比亚的剧中,能够留给他们的角色也只会少之又少,文学可就遭了殃!奥赛罗或许大体还在,安东尼也有所保留,但却失去了凯撒,失去了布鲁特斯,失去了哈姆雷特,失去了李尔王,失去了杰奎斯——文学将会变得何其贫乏?其实,文学的大门始终对妇女关闭,其贫乏已经超乎了我们的估计。她们违心地嫁了人,被关在一间屋内,只有一件工作可做,这叫剧作家如何去把她们塑造得丰满、生动,哪怕只是如实而已?唯有诉诸爱情。诗人也不得不满怀着激情,又或是满腹的辛酸,除非,他是有意"仇恨女人",而这往往只意味着,他对女人毫无魅力可言。

那么,如果克洛伊喜欢奥莉维亚而她们又合用一间实验室,单凭这一点就会让她们的友谊富于变化,更为长久,因为这就不会太过个人,如果玛丽·卡米克尔知道如何去写的话,而我也开始喜欢上了她风格中的某些特点。如果她自己拥有一间房间,这一点我倒不敢确定,如果她每年可以拥有五百英镑的收入——但这也有待证明——那么,我想,某种意义重大的事情已经发生了。

这是因为,如果克洛伊喜欢奥莉维亚,而玛丽·卡米克尔又知道如何将之表达出来,她将在这间至今无人来过的大厅里燃起一支火炬。柔和昏暗的光线伴着黝黯未明的黑影,就像蜿蜒的洞穴,人们秉烛而入,四下里打量,不知道踏向何方。而我又开始读这本书,读到克洛伊看着奥莉维亚把一个罐子放到了架子上,跟她说该回家看孩子去了。我惊呼道,这幅画面可是自创世以来从未有人见过的。而我也十分好奇地关注着这一幕。因为我想看一看,玛丽·卡米克尔会如何动笔,来把那些未曾被记载过的手势,那些未被说过、或是只说了一半的话,一一呈现,因为当女人只身一人,不再有男人用变化无常、带着偏见的光芒把她照亮时,这些便自己形成了,就像天花板上飞蛾的影子一般不易察觉。她只有屏住呼吸才行,我对自己说,继续读下去,如果她要这么做的话。因为妇女如此多疑,任何动机不明的兴趣都会引起她们的疑虑,又因为她们如此习惯隐瞒和压抑,任何向她们投来的目光都会让她们惊惶离去。你要这样做的话,唯一的办法,我想,不免又对着似乎在这儿的玛丽·卡米克尔说,就要口上说着一些别的事情,眼睛从容地看着窗外,而这样记下来,也不是用铅笔记在笔记本上,而是要用最快的速记,用尚未读出过的词汇,记下发生了什么。当奥莉维亚——这个被岩石的阴影遮掩了上百万年的生物——感觉到光线照在身上,看到一份陌生的食物正送上前来——知识、冒险和艺术,她便伸手去拿,我想,又一次把视线从书上移开,她必须将现有的才智重新搭配,好让本已高度发达以供他用的才智能够将新与旧融合在一起,而不至于打破整体上无比错综复杂而又精巧细致的平衡。

不过,哎呀,我又做了我决意要避免的事情了,我开始不知不觉地为自己的性别大唱颂歌。“高度发达”——“无比错综复杂”——这是毋庸置疑的赞许,而称赞自己的性别总是可疑的,也往往是愚蠢的。而且,这一次,我又如何才能证明我所言不虚呢?我不能指着地图说,哥伦布发现了美洲大陆,而且哥伦布是个女人;或者拿起一个苹果,说牛顿发现了万有引力,而牛顿是个女人;或是抬头仰望天空,说飞机在头上飞,而发明飞机的正是女人。墙上并没有刻度,来衡量女人确切的高度。没有刻画入厘的码尺,好让我量一量慈母的关爱,女儿的孝心,姐妹的忠实,或是主妇的能力。即使是现在,也少有女人进入大学的各个年级,她们也几乎不曾在各行各业——陆军和海军、贸易、政治和外交中担当起大任。甚至此时此刻,她们也还是无名无分。但若是我想要知道,譬如说,一个人就霍利·巴茨爵士可以跟我说些什么,我只需要翻开《伯克》或是《德布雷特》①,就能发现他拿过这样那样的学位,拥有一处宅邸,有一个继承人,是某个委员会的主管,出任过英国驻加拿大总督,还接受了若干学位、官职、勋章和其他荣誉,作为他勋劳的印记,不可磨灭。关于霍利·巴茨爵士,除了上帝,再没有人知道得比这还多了。

---

① 两者皆为参考书,是英国贵族和绅士的名录。

因此,在我说女人"高度发达""无比错综复杂"时,我却不能在惠特克或是德布雷特的名鉴,或是大学年鉴中得到证实。面对如此尴尬,我又能做什么呢? 我又把目光投向了书架。上面放着这样几本传记:约翰生、歌德、卡莱尔、斯特恩、柯珀、雪莱、伏尔泰、勃朗宁,以及许多其他人的传记。而我开始想到所有那些伟人,出于这样那样的原因,仰慕女人,追求她们,与她们一同生活,向她们吐露心中的秘密,向她们求爱,写下她们,信任她们,并且表露出某种,怎么说呢,只能称之为对异性中某人的需要和依赖。我不会说,这种种关系都不过纯粹是柏拉图式的,而威廉·乔因森·希克斯爵士大概会一口否认。但若是我们固执地认为这些男人不过是从中得到了些欢愉、谄媚和肉体的愉悦,便再无所获了,那我们就大大地冤枉了这些显赫的名流。他们收获的,显然,是一些他们自身的性别所无法提供的东西。我们大概不必从诗人那里寻来狂放不羁的言辞以作明证,便可以进一步说,这是只有女人的天赋才能赐予的某种灵感,某种可以唤醒创造力的源泉。我想,他一打开客厅或是育婴室的房门,就可以看到她被孩子们团团围住,或是膝上正放着一方刺绣——不管怎样,作为截然不同的一种生活秩序和系统的中心,女人,让他看到了另一个世界,和他的世界,也许那就是法庭或下议院,大相径庭,而这不同立刻便让他耳目一新,精神焕发。而接下来,即使只是最简单的几句闲谈,自然也会有见解的不同,便可以滋润他心中原已干涸的思想。而看到她用了不同于他的工具也在创作,他的创造力也变得活跃,不知不觉间他那贫瘠的心中便又开始布局谋篇了,而当他戴好帽子打算动身去找她时心中还百思不得的句子或场景,这时也已历历在目了。每一位约翰生都有他的斯雷尔,出于诸如此般的原因对她不离不弃,而后来斯雷尔嫁给了她的意大利音乐教师，约翰生又恼又恨，差点发了疯，不仅是因为他在斯特里特汉姆的夜夜良宵一去不返，还因为他的生命之光"仿佛燃尽了"。

而即使并非约翰生博士，并非歌德、卡莱尔或是伏尔泰，我们依然可以感觉得到，女人的这种错综复杂的性质，以及她们高度发达的创造才能的力量，尽管，这种感觉和那些大人物的相比，如此不同。我们走进房间——但英语语言的运用也须穷尽其极才可以，而新鲜的词汇也必须不顾一切插上翅膀赶来，女人才有可能说得出当她走进房间时发生了什么。房间与房间如此大不相同，或者安静，或者有如雷鸣；或是面朝大海，或是，正相反，冲着监牢大院；有的挂满了洗净的衣物，有的被猫眼石和丝织绸缎装点得生机勃勃；有的像马鬃般坚硬，也有的如羽翼般柔软——只消走到街上去，走进任何一间屋子，那错综复杂的女性气息就会一股脑儿地扑面而来。哪里会有别的可能？千百年来，妇女一直坐在屋内，时至今日，这房间的四壁早已浸透了她们的创造力，而实际上，那些砖石砂浆早已不堪重负，不由得这种力量不去诉诸笔端，或写或画，又或是要从商从政。但女人的创造力又和男人的大不相同。而我们必须要说，若是这种创造力因为受阻而无法发挥，或是被白白浪费，那真是太可惜了，因为这是历经了多少个世纪以来、何等严厉的压制才赢得的，没有什么可以将其取代。若是女人像男人一般写作，像男人那样生活，连看上去也像男人，这真是太可惜了，因为，既然男人女人各有不足，而世界又是如此辽阔和丰富，只有一种性别哪里应付得了？难道教育不该彰显差异、突出个性，而非舍异求同吗？毕竟，我们的相似之处已经够多了，倘若有位探险家探险归来告诉我们，还有其他性别的人，正从不同的枝叶间，仰望着另一片天空,那么,恐怕没有什么会比这个消息对人类的贡献更大的了。若是碰巧让我们看见某教授为了证明自己的"优越",而冲去寻找他的标尺,我们一定会乐不可支。

我的思绪仍在书页的上方一段距离徘徊,我想,玛丽·卡米克尔将只会作为一个旁观者来修改她的作品。恐怕,她的确会变成一个自然主义小说家——在我看来,这一类小说却不太有趣——而不是一个思考者。有这么多的新鲜事物要由她来观察,她倒不必再把自己困在中产阶级的豪宅中。她可以不必心怀怜悯或是觉得委屈了自己,坦然走进那些香气扑面的小屋,里面坐着交际花、娼妓和抱着哈巴狗的太太。她们坐在那里,身上仍穿着粗陋的成衣,若是男作家进了房间,免不了要去拍拍她们的肩膀。但玛丽·卡米克尔一定会拿出手中的剪刀来,为她们将衣服边边角角剪裁得合体伏贴。等到我们可以一睹这些女人的真实面目,那必定别有一番景象,不过,我们还必须多等一会儿,因为玛丽·卡米克尔仍在为自己所意识到的"罪恶"所累,这是野蛮的性传统留给我们的遗产。她的脚上仍会拴着那条锈迹斑斑的阶级脚镣。

不过,大多数的妇女既非娼妓也不是交际花,她们也不会坐在那里,把哈巴狗裹在灰尘漫布的丝绒里紧紧抱在怀中,就这样打发掉整个夏日的午后。那她们又都做些什么呢?我的脑海中浮现出一条长巷来,河南岸的某处遍布着这样的街巷,其间密密匝匝住满了人。在这条长巷上,我仿佛看见一位颇为年迈的妇人缓缓走来,身旁一位中年女子挽着她,那也许是她的女儿,两人衣着体面,脚上穿着皮靴,身上穿着毛皮大衣,午后如此盛装,一定是种仪式,而她们的衣服,年复一年,每逢夏月,都被叠放整齐,和樟脑一起收在衣橱内。她们穿过街道时,路旁的灯一盏一盏点亮了(因为她们最喜欢的正是薄暮时分),想必她们年复一年都是如此。年长的就快要八十了,可要是有人问起,她的一生对她而言意味着什么,她会告诉你,她记得那些街巷曾为巴拉克拉瓦一战而灯火辉煌,或是说,她曾听到海德公园里为爱德华七世庆生时鸣响的枪声。可要是有人希望搞清楚究竟是几月几号,是春夏还是秋冬而问她,1868年的 4 月 15 日,或是 1875 年的 11 月 2 日,她在做些什么,她想必会一脸茫然地回答,她什么也不记得了。因为饭菜已经准备停当,锅碗瓢盆都洗刷干净,孩子们都送去了学堂,一个一个长大成人。什么都没有留下,一切都消失殆尽。传记或是历史对此不着一辞。而小说,虽非本意,却无一例外地对此撒了谎。

　　所有这些默默无闻的生命,仍有待于被记载下来,我对玛丽·卡米克尔说,好像她就在这儿一样。我的思绪仍穿行在伦敦的那些大街小巷间,感受着沉默的压力,无从记载的生活日积月累,这或许来自街角叉起腰来的妇女,她们的戒指陷在肿胀的手指上,说话谈天还要比手画脚,仿佛莎士比亚剧中的词句那般韵律有致;也或许来自卖紫罗兰的姑娘,卖火柴的女孩,还有坐在门洞下的老太婆;又或许来自那些逛来逛去的女孩,她们的脸就像阳光和乌云下的海浪,让人看到来往的男男女女,和商店橱窗里闪烁的灯光。所有这些你都要去探索,我对玛丽·卡米克尔说,要握紧你手中的火炬。但首先,你必须照亮自己的灵魂,照见它的深刻与浅薄,虚荣与宽宏,并要说出,你的美貌或平庸对你意味着什么,以及你与这个挂着摇来荡去的鞋、袜、手套等各色物品的转动不止、变换不休的世界有何关系。那些物品在弥漫着淡淡香气(从药剂瓶中散发出的),有着人造大理石地板的布料市场中悬挂着。在想象中,我进了一家商店,那儿铺着黑白相间的地板,四处挂满了五颜六色的缎带,真是美得惊人。玛丽·卡米克尔若是走过,我想,她也不妨进来一看,因为这幅画面若是诉诸笔端,并不逊色于安第斯山脉任何一座白雪皑皑的山峰或是一处岩石林立的山谷。而且,这儿的柜台后面,还站着一个女孩——而我会乐意看到对她的如实刻画,就像看到了拿破仑的第一百五十本传记,或是第七十部有关济慈的专著以及老教授Z之流正在对他笔下的弥尔顿式倒装句进行的研究一样。然后,我继续小心翼翼地,踮起了脚尖(我太胆怯了,太害怕那曾差点打到我肩头的一鞭子),小声地跟她说,对于男人的虚荣——不说怪癖,是因为没有那么地让人不快——应该学会一笑了之,而不必心下不快。因为人人脑后都有一先令大小的疤痕,唯独自己看不到。而两种性别之间的互惠互助,其中之一,便是为彼此描述一番这后脑勺上一先令大小的疤痕。想一想,女人从尤维纳利斯的言论和斯特林堡的批评中得到过怎样的好处。想一想,从始至今,男人多么仁慈、多么聪明地为女人指出了脑后不光彩的地方!而若是玛丽十分勇敢又十分诚实,她会绕到男人的身后去,并告诉我们她的见闻。除非有女人把这一先令大小的疤痕加以描绘,否则的话,永远不可能画得出一幅真实完整的男人形象。伍德豪斯先生和卡索邦先生就是这种大小、这种性质的疤痕。当然,没有任何头脑正常的人会怂恿她刻意地去讥讽和嘲弄——文学表明,如此写下的文字一无是处。常言道,诚实的结果必定令人喜出望外。喜剧必然会别开生面。新的事实必然会为人所知。

不过,也该把注意力重新集中到这页书上了。与其去猜测玛丽·卡米克尔会怎样写、该怎样写,倒不如看一看她实际上写了些什么。因此,我继续读了下去。我想起自己对她有一些不满。她将简·奥斯汀的句子拆散,而我也就失去了机会,无法炫耀我无可挑剔的眼力和过分挑剔的耳朵。"是的,是的,这还不错,可简·奥斯汀写得要比你好得多",这样的话说出来毫无用处,因为我不得不承认,她们二人之间,毫无相似之处。她又更进一步,接着打乱了次序——我们期望看到的顺序。也许她这么做只是无心,她不过是按了女人的方式,恢复了事物自然的次序,女人就会这样写。但结果却多少让人困惑,我们看不到波涛汹涌,看不出危机将至。因此,我也就无法炫耀自己感情之深刻,对人心所知之深邃。可无论爱情,或是死亡,每当我以为就要故地重游,可以重温旧梦之际,那个恼人的东西就会一把将我拉走,似乎重要之处还在前方。而这样一来,她就使得我无法高谈阔论,堂而皇之地说出诸如"基本的感情""人性共通之处""人的内心深处"之类的词句,而正是这些让我们相信,虽然我们看似乖巧,但心底仍是十分严肃、深刻、慈悲。她却让我觉得,正好相反,人人都不过是思想懒散,而且因循守旧,毫无严肃、深刻、慈悲之心——这个想法实在是毫无魅力而言。

但我读下去,注意到了其他一些事实。她并非"天才"——这是显而易见的。她并不像她的前辈,温切尔西夫人,夏洛蒂·勃朗特,艾米莉·勃朗特,简·奥斯汀还有乔治·艾略特那样,她们对自然有一腔的热爱,燃烧着瑰丽的想象之火,奔放的诗意、横溢的才华、深沉的智慧,成就了她们的伟大。她写不出多萝西·奥斯本那般的悦耳动听、端庄郑重——她不过是一个聪明的姑娘,十年之后,她的作品便会被出版商化为纸浆。不过,虽说如此,跟半个世纪之前的妇女相比,即使那时妇女的天赋更胜一筹,她还是略占了些优势。男人不再是"反对势力",她无须花费时间来抱怨他们,她不必爬上屋顶,因为憧憬着远行和经历、渴望去了解将她拒之门外的世界和众生而失去了平和的心境。恐惧和仇恨也几乎消失殆尽,或许,只有当自由的喜悦略为夸张,在她刻画男人时,少了几分浪漫,而带了刻薄讽刺的倾向,这种恐惧或仇恨的余迹才流露了出来。因而,可以肯定,作为一个小说家,她自然占据了优势,可以技高一筹。她的情感更为广阔、热切,也更为自由,纤毫之微也会触动她的心弦。就像一株新生的植物,婷婷地立在空中,尽情地沐浴在扑面而来的每一个景象和声音之中。她也会四下打量,十分好奇又非常微妙,在这几乎不为人知、也不曾记载过的事物之间。偶然发现了一些细小的东西,便也让我们知道,那或许并非微不足道。它让尘封已久的东西得以重见天日,让人们怀疑埋藏它们的必要。尽管她有些笨拙,也不像萨克雷或兰姆那样,无意间便与悠久的传统一脉相承,笔尖轻转,便可以流淌出悦耳的文字,她只是——我开始想——学到了重要的第一课:作为女人而写作,虽然这个女人已经忘记了自己的女性身份。结果便是,她的字里行间充满了奇特的性别特征,而唯有不再拥有性别意识的人方可为之。

大体而言,这都是有益的。但除非她能抓住倏忽而去的瞬间,连同个人的经验,凭此建起屹立不倒的大厦,否则的话,无论多么丰富的情感、多么敏锐的洞察力,也无济于事。我说过,我会等到她去面对一个"特定的情形"。而我这样说的意思,就是要等到她发挥才能、用尽解数、打起精神来证明她不只是一个浮光掠影的匆匆看客,她也透过表面,看到了事物的本质。她会在某个时刻对自己说,就是现在,无需声色俱厉,我也可以揭示出这一切的意义了。然后,她就会开始——就是这种跳跃,不会错!——用尽解数、发挥才能,记忆中便会浮现出那几乎已被忘记,在其他章节中被丢在一旁,也许是非常琐碎的事情。就在旁人缝缝补补,或是抽上一袋烟的时候,她要尽可能自然地让那些琐事鲜活起来,让人感觉得到,而她继续写下去,我们就会感觉自己仿佛登上了山巅,而一切在下面展开,历历在目,蔚为壮观。

无论如何,她在做这样的尝试。而在我看着她更进一步去迎接挑战时,我注意到了,但希望她不要看到,那群主教、学监、博士、教授、一家之长和老学究们全都对她大喊大叫,发出警告,提出建议。你不能这样,你不该那样!只有研究员和学者才可以踏入草坪!没有介绍信女士不得入内!有抱负、有风度的女小说家这边走!他们就这样,像赛道围栏外聒噪的看客,对她纠缠不休,而她能否不去左右张望,径直完成自己的跨栏,便成了对她的考验。我对她说,别为了骂他们而停下脚步,不然你就输掉了,也别站在那里嘲笑他们,这也是一样。犹豫不决,或是笨手笨脚,都会输掉。全神贯注地去跳吧,我恳求她,就像是我把所有的家当一股脑儿全押在了她的身上。她越过栅栏,有如鸟儿飞过。可前面还有一道栅栏,再往前还有一道。她是否能坚持到底,我不敢肯定,因为恼人的掌声和呐喊不绝于耳。但她尽力了。想一想,玛丽·卡米克尔并非天才,她不过是个默默无闻的姑娘,在一间既当卧室又当客厅的房间里写出了她的第一部小说,时间、金钱和闲暇,想要的东西一样也不够用,我想,她已经做得不错了。

若是再给她一百年的时间,我读到了最后一章,心下得出了结论——人们的鼻子和赤裸的双肩在星空下一览无余,因为有人拉开了客厅的窗帘——给她一间自己的房间,每年给她五百英镑,让她敞开心扉,把她写进书里的东西删去一半,到时候,她一定会写出一本更好的书来。再过一百年,她会成为一位诗人,我把玛丽·卡米克尔的《人生之冒险》放回书架的一端,如此说道。

六

第二天,十月的晨光落下,飞尘中看得见一道道阳光,照进了未拉上窗帘的窗子,还有街上川流不息的嘈杂声,与之同来。伦敦的发条已经上紧,这间大作坊又开始运转了,车床也开始轰鸣。读罢这些书,我忍不住向窗外看去,看看 1928 年 10 月 26 日清晨的伦敦,到底在忙碌些什么。那么,伦敦在做些什么呢?看来,没有人在读《安东尼与克莉奥佩特拉》。看来,莎士比亚的剧作,完全不能让伦敦提起兴趣。丝毫没有人关心——而我并不怪他们——小说的未来、诗歌的死去,或是一名普通妇女对一种可以如实表达女人心声的散文文体所作的推动和贡献。就算有人用粉笔在人行道上把这些一一写下,也不会有谁愿意停下来读上一读。用不了半个钟头,无动于衷、匆匆而过的脚步就会把这些蹭得一干二净。这边走来一个差童,那边跑来一条狗,一个女人跟在后面。伦敦街巷的迷人之处,就在这儿,你绝对找不到两个相似的人。每个人似乎都各有各的心事。有几位拿着公文包,像是在办公事;也有几个流浪汉,手拿着棍子,把庭院的护栏敲得当当作响;还有人彬彬有礼,冲着马车里的人打招呼,主动向人提供各种信息,好像街道就是他们的俱乐部;也有送葬的队伍经过,让人不由得想到了有朝一日自己的遗体也会由此经过,便不禁脱帽致敬起来;然后,有一位气度不凡的绅士慢步走下门口的阶梯,停在一旁,以免撞上一位匆匆走过的夫人,那位夫人不知用了什么办法,弄了一件华贵的皮毛大衣,手里还有一束帕尔玛紫罗兰。他们看上去全都互不相干,只关注着自己,各忙各的事情。

此时此刻,一切往来的车辆戛然而止,万籁俱寂,这在伦敦已是常事。街上悄无声息,没有人从此经过。一片树叶从街头的梧桐树上掉落,恰在这个停止的瞬间,飘落下来。不知为何,这就像是一个信号,从天而降,为我们指向事物之中一直为人忽略的一种力量。它好像指向了一条河,一条看不见的河,从这里流过,转过拐角,沿街而下,携了路人随之奔流,就像牛桥的溪流载了泛舟的学子和枯叶。现在,它就载着一位脚穿漆皮靴的姑娘,从街的一侧流向了街的对角,而后是一个身着褐红色外套的年轻男子,它还捎上了一辆出租车,并将这三者汇合到了一处,正在我的窗下。出租车停下了,那位姑娘和年轻男子停下了,他们上了车,接下来,这辆出租车悄然而去,仿佛被水流冲去了别处。

　　这一幕实在是司空见惯,奇怪之处在于我的想象力赋予了它一种韵律十足的秩序。而两个人上了出租车这么普通的一幕,也能向我们传达出他们看上去的那种心满意足。看到两个人沿街走来,在街角相遇,似乎也可以缓解某种紧张的情绪,我这样想着,看见出租车转过街角,匆匆离去。或许,总把男人和女人视为不同是件辛苦事,而我这两天所做的便是如此。这让我大伤脑筋,难以协调地思考。而现在,看到两个人走到一起,上了一辆出租车,我的辛苦便消失了,我也不再伤脑筋了。头脑当然是个再神秘不过的器官,我从窗口缩回了头,想到我们对它完全一无所知,却事事都要依赖它。身体受了伤,总能找到明确的原因,那么为何我会感到心中也有隔阂和对立?而所谓"协调地思考"又是什么意思?我沉思了一番,因为显然,头脑的力量如此之大,随时都可以集中心思,思考各种问题,那么其存在的状态,似乎不会是某种单一的形式。它可以把自己与街上的人群分开,譬如,想象自己和他们拉开了距离,正从楼上的窗子向下望着他们。也可以与其他人共同思考,就像,举例来说,在人群中等待着听到某条消息。它可以通过自己的父辈或是母辈回顾往昔,如我所言,一位写作的女人从母亲那里才看得到过去。而且,如果身为女人,便常常会因为意识突然间一分为二而感到吃惊,比如,走在怀特霍尔大街上,原本还是那种文明理所当然的继承者,一转眼就成了一个外人,既陌生、又挑剔。显然,心思所在,时常不同,而世界,也就在不同的眼光中依次呈现。不过,即使是自然呈现的心境,也有些较之另一些更为相宜。而要保持如此心境,人们便会在无意间有所克制,长此以往,这压抑也让人劳力伤神。但或许也有种种心境,可以毫不费力便得以保持下去,因为一切都无需克制。而我从窗边回来,心想,这大概就是其中之一吧。因为在我看到两人上了出租车后,一度散乱的心思,自然间便恢复了纹丝不乱的状态。显然,这是因为两性之间本该和睦相处。即便毫无理性可言,内心深处的直觉也让我们相信,男人和女人的结合会给人莫大的满足,无上的幸福。不过,看到这样两个人上了车,以及随之带来的满足感不禁让我想到,人的头脑,是否也有性别之分,就像身体分作了男女,那是不是说,头脑中的男女也应该结合,才会带来莫大的满足和无上的幸福?于是我不熟练地勾勒起了一张灵魂的草图,让每个人都被两种力量所主宰,一种是男性的,另一种是女性的。在男人的头脑中,男性的力量胜过了女性,而在女人的头脑中,女性的力量战胜了男性。正常又相宜的状态,就是这两者和睦相处,情投意合。若是身为男人,也要头脑中的女人有所作为;若是身为女人,也要和她心中的男人相互契合。柯勒律治说过,伟大的头脑是雌雄同体的,他说的大概就是这个意思。只有合二为一,头脑才会变成沃土,而各种才能才会发挥得淋漓尽致。

我想,若是头脑只由男人来支配,恐怕和只由女人来做主一样,都无法进行创造。但最好还是稍停片刻,打开一两本书,来考察一番所谓女性化的男人,或是反过来,男性化的女人,到底意味为何?

　　柯勒律治所说的,伟大的头脑是雌雄同体的,当然不是说这个脑袋里专门装了对妇女的同情,这个脑袋致力于妇女的事业,或是为她们立言。或许跟单性的头脑相比,雌雄同体的头脑倒不倾向于做出这种区分。他大概是想说,雌雄同体的头脑引起共鸣、易于渗透;感情可以在其间自由流淌、通行无阻;它天生富于创造力,粲然晶莹,浑然一体。而其实,若说雌雄同体的头脑,或是女性化的男人,莎士比亚便是典型,虽然无从得知,莎士比亚对于女人的看法如何。但如果说,对性别毫不在意,或是并不把性别一分为二来看待,正是心智成熟的特征之一,那么要获得如此心境,如今看来,不知道比以往要困难多少。我走到在世作家的作品前,停在那里,心里想到,莫非这就是一直以来让我大伤脑筋的根源所在?从没有一个时代像我们这个时代一样,性别意识如此昭著,男人讨论女人的书在大英博物馆里堆积如山便是明证。这无疑要怪罪于妇女参政的运动。想必这让男人有了自我维护的强烈欲望,想必这让他们重视了自身的性别,以及诸种品性,而若非是受到了挑战,他们才懒得去为此费神。男人面对挑战,即便只不过几个头戴黑色软帽的姑娘前来挑衅,都会以牙还牙,若是首次应战,更会变本加厉地还以颜色。这或许可以解释这儿留给我的某种印象,说着,我拿下了 A 先生新写的一本小说。这位 A 先生正值年富力强,而显然,评论家对他也青睐有加。我打开了书。又读到男人的作品确实让人愉快。读罢女人的书,相比之下,男人更为直白,也更加坦率,让人看到了自由奔放的思想,无拘无束的人,以及强烈的自信。

这样一个汲取了充足的营养、接受过良好的教育、享有充分自由，并且从未被阻挠或反对过的头脑，从其诞生之初就任其自由成长，让人看了便心旷神怡。这都让人羡慕。但读上一两章之后，便似乎看得到书页上横着一道阴影。这是一道直直的阴影，形似大写字母"I"。我只好左右挪动身子，才看得到这阴影下面的景色，但也不敢确定，那到底是一棵树，还是一个女人正在走来，因为这个"I"始终挡在眼前。我开始厌倦这个"I"了。虽然这个"I"最值得人们尊敬，为人诚实、通情达理，和果核一样坚硬，几百年来，良好的教育和营养，将之琢磨得晶莹剔透。我打心底尊重、仰慕这个"I"。不过——说到这儿，我又翻过了一两页书，看看这个，瞅瞅那个——落到"I"的阴影里，最糟糕的，莫过于一切都如坠雾中，变得影影绰绰起来。那是棵树吗？不，那是一个女人。不过……我总觉得，她的身体里似乎没有骨骼，我看着菲比，就是她的名字，从沙滩走来。然后，艾伦站了起来，他的身影立刻就遮住了菲比。因为艾伦有自己的见解，而菲比则被淹没在他洪水般的见解中。而且，我还觉得，艾伦充满了激情。我匆匆翻过了一页又一页的书，心下以为危机就要爆发了，果然如此。就在光天化日之下的沙滩上，毫无遮拦，劲头十足，再没有比这更不得体的了。不过……我已经说了太多次"不过"，不能再这么继续下去了。你怎么也得把一句话说完，我这么责怪自己。我要把那句话说完吗，"不过——我厌倦了！"可为何我会心下生厌？多少是因为那个大写的"I"，处处都有它的身影，乏味至极，就像一棵参天的山毛榉，巨大的阴影占据了沙滩，毫无生气，使得那里什么也无法生长。而多少，还另有更为隐晦的原因。在 A 先生的心里，似乎有一些障碍，一些羁绊，阻住了创造力的源泉，只在狭小的范围里才得以流淌。想起牛桥的那顿午餐，弹落的烟灰和那只曼岛猫，以及

111

丁尼生和克里斯蒂娜·罗塞蒂全都拥在一起,这其间大概就有那所谓的羁绊。菲比走过沙滩,他已不再轻声低吟"一滴晶莹的泪珠落下,是那门前怒放的西番莲花",而艾伦走近时,她也不再对以"我的心房,像歌唱的鸟儿,它的巢筑在挂满露水的新枝",那么,这该让他如何是好呢?像白昼一样光明磊落,如太阳一般通情达理,他就只有一件事能做了。而说实话,这件事,他已经一而再,再而三(我边翻动着书页边说),并且继续做了下去。我还要补充一句,这看上去有些乏味,虽然我也知道,如此坦白毕竟让人不快。莎士比亚的不雅之处让人们忘记了无数的心事,毫无乏味之感。不过莎士比亚这么做是为了取乐,而 A 先生,据护士们说,却是别有他意。他是为了抗议。他是借着自己的优越感来抗议女人与他平起平坐。所以,他才踩到了绊脚石,处处受碍,若是莎士比亚也认识了克拉夫小姐和戴维斯小姐①,恐怕也会和他一样,时时惦记着自己。毫无疑问,妇女运动要是早在 16 世纪,而非 19 世纪,便已兴起,那么伊丽莎白时代的文学和它如今的模样,一定大为不同。

要是那个头脑之两面性的理论说得通,那么,所谓的男子气概,如今已变成了男人的自我意识,也就是说,他们如今写起文章来,便只用了头脑中男性的一面而已。一个女人若是去读这样的书,那就犯了个错,好比缘木求鱼,求之而不得。我想,令人怀念的,恰是给人以启迪的力量。我拿起了评论家 B 先生对诗歌艺术所作的批评,认真细致、尽心尽责地读了下去。这些固然都是出色之作,言辞犀利、旁征博引,可问题在于,他的情感不再为我们所知,他的头脑

---

① Miss Clough and Miss Davies,妇女教育的推动者,分别担任剑桥纽汉姆女子学院和格顿学院的院长。

里好像筑起了一间间各不相同的房间，彼此之间全然不通音讯。结果，谁要是用心记下了 B 先生的某个句子，那个句子便会砰的一声掉在地上——死去了。但我们要是把柯勒律治的句子记在心上，那个句子会轰然炸开，绽放出各式各样的思想来，而唯有这样的句子才会被称为掌握了长盛不衰的秘诀。

不过，且不管原因何在，这一事实必定让人遗憾。因为，这就意味着——此时我走到了高尔斯华绥先生和吉卜林先生的几排书前——在世的伟大作家，他们最好的一些作品恐怕要不为人知了。不管一个女人如何努力，她都无法在书中找到长生不老的泉水，虽然评论家们信誓旦旦地告诉她就在那里。这不仅是因为他们赞颂的，是男人的美德，鼓吹的，是男人的价值观，描写的，是男人的世界，还因为，渗透在这些书中的感情是一个女人所无法理解的。还远远没有到结局，人们就开始说，这种感情就要来了，这种感情在酝酿，这种感情就要在人们的心中呼之欲出了。这样一幅画面将落到老朱利昂①的心中：他将死于震惊，那个老牧师将为他念上几句讣词，而泰晤士河上所有的天鹅也都将齐鸣挽歌。但没等这一切发生，我们便已跑开，躲进了醋栗树丛，只因这种对男人来说如此深厚、如此微妙、如此富于象征性的感情，却只令女人惊愕不已。吉卜林笔下一个个掉头跑开的军官就是如此，还有那些播撒种子的*播种者*、*独自工作的人*，还有*旗帜*②，都是这样——这些楷体字让我们脸红，就好像在偷听什么纯属于男人的狂欢作乐时，被抓了个正着。事实就是，高尔斯华绥先生也好，吉卜林先生也好，他们的身上找不到一星半

① Old Jolyon，高尔思华绥所著《福尔塞世家》中的人物。
② 原文中这些单词皆为首字母大写。

点儿的女性气质。因此,在一个女人看来,他们的特征,若是可以概括来说的话,全都那么粗俗、不够成熟。他们的作品,无法给人启迪。而书若是不能给人启迪,纵使它重重地敲打心扉,也无法扣动心弦。

我把书抽出来,却看也不看便又放了回去,心下就这样焦躁不安,开始在眼前勾勒出一个纯粹的、趾高气扬的男性时代,就像教授们往来的通信(比如沃尔特·罗利爵士的信件)看上去所预示的,而意大利的统治者们业已建立的那样。只要一踏入罗马,便无从逃避那股令人窒息的大男子气。且不管这铺天盖地的大男子主义对于国家而言价值几何,对于诗歌艺术的影响却值得我们去质疑。不管怎样,报纸上说,意大利的小说有些让人担心了。学者们已经开了一次大会,就是为了"促进意大利小说的发展"。日前,"出身显赫,或是金融界、实业界,以及法西斯团体的要人们"集聚一堂,就这个问题展开讨论,并向领袖致电,表达了他们的希望,希望"无愧于法西斯时代的诗人将不日诞生"。我们或许都可以共享如此可嘉的希望,但孵蛋器里能否孵出诗歌来,却叫人怀疑。诗歌理应有一位父亲,和一位母亲。而法西斯的诗歌,我怕会是一个流产堕下的小胎儿,就像我们在乡镇博物馆的玻璃罐中看到的那样可怕。据说,这样的畸胎活不长,我们从没见过这样的孩子在田间地头割草。一个身体长了两个脑袋,并不能活得长久。

然而,如若有人急于追究责任,那所有的这一切,男人女人都难辞其咎。无论是善诱的人,还是力行的人,统统都要负责:无论那是在贝斯伯勒夫人向格兰维尔勋爵撒谎时,还是在戴维斯小姐把真相告诉格雷格先生时。只要是唤醒了我们性别意识的人,统统都要负责,就是他们,当我想要把自己的才能用于写书时,他们让我在那个欢乐的时代去寻找这种意识,而那时,戴维斯小姐和克拉夫小姐尚未出世,作家头脑中的两性也尚未分出伯仲来。我只好回到莎士比亚,因为莎士比亚是雌雄同体的,济慈、斯特恩、考珀、兰姆和柯勒律治也是如此。雪莱可能就没有性别。弥尔顿和本·琼生身上的男性气质未免过多,华兹华斯和托尔斯泰也是这样。在我们的时代,普鲁斯特完全是雌雄同体的,只或许多了点女性气质。但这种缺陷过于微乎其微,不值得去抱怨,而若没有这种杂糅,理智似乎就会占了上风,那么头脑中的其他才能便会僵硬,失去了活力。不过,我把这当作一个转瞬即逝的局面,以此来安慰自己。我答应过大家,要把自己的思绪向大家讲明,而我所说的,看来大部分就要过时了,而在我眼前燃烧的那些东西,在尚未成年的你们看来,大多数也让人怀疑。

尽管如此,我走到书桌旁,拿起了写着《妇女与小说》这个题目的那张纸,说道,我要在这儿写下的第一句话就是,任何一位作家,总想着自己的性别,都是致命的。而做一个纯粹、单一的男人或女人,也是致命的。必须是男性化的女人,或是女性化的男人才行。女人要是受了委屈,便不免要去强调一番;因为有理,便去申诉;说话时,不管怎样,还想着自己是个女人,这也是致命的。我说致命,并不是打比方,因为这样带着意识的偏见写就的文字,注定是要走向消亡的。这种文字失去了养分供给,也许有一两天的光景,它流光溢彩、精彩绝伦、影响深刻,但夜幕降临之时它必将枯萎凋零。这种文字无法成长于他人的思想之中。男人和女人的头脑必须通力合作,如此方可成就创造的艺术。两性之间必须完婚。作家若要我们体会到他在完整而充分地与我们分享他的经验,就必须完全敞开心灵。必须无所拘束、心境平和。不能让任何一个轮子嘎吱作响,也不可以让任何一丝光线发出微弱的光芒,必须拉严窗帘。以我之见,作家,一旦分享完他的经验,就必须躺下,让思想在黑暗中庆祝这场婚姻。他不可以去看,也不可以去问,究竟完成了什么。正相反,他必须摘下玫瑰的花瓣,或是凝视天鹅安详地顺流而下。我又一次看到了河面上载着泛舟的学子,漂着几片落叶。看着那一男一女穿过街道走到了一起,我想,那辆出租车将他们带走了。听到远处伦敦的车流发出的轰鸣,我想,他们被水流卷走,汇入了那滚滚的洪流。

这时,玛丽·伯顿缄口不言了。她已经告诉过你们她是如何得出了那个结论——那个乏味的结论——若是你们想要写小说或诗歌,那么,每年就必须有五百英镑的收入,和一间带锁的房间。她已经尽力把种种让她得出这一结论的思绪和印象,原原本本地和盘托出。她要求你们跟随她,一头撞上教区执事的双臂,在这儿吃了午餐,去那儿用了晚餐,在大英博物馆画了几幅画,从书架上拿下了几本书,望向窗外。在她经历所有这一切时,她的种种缺点和过失想必被你们看在眼里,也看到了这对她的见解所造成的影响。你们一直在反驳她,只要对自己有利,便加入自己的见解,或是断章取义。就是这样,这也理所当然,因为此类问题,只有见识了各种各样的错误之后,才看得到真理。而我自己会先提出两点自我批评,以此作为结束,当然,这两点恐怕过于明显,你们想必也会提出来。

你们或许会说,关于男人和女人,相对而言,各有何优势,你并没有说出任何见解来,即便只谈作家,我们也不得而知。我是有意为之,因为,即使确是时候来做出一番考量——而目前,知道妇女有多少钱,有几间房间,远比对她们的能力做一番理论概括要重要得多——即使确是时候,我也相信,才情并非黄油和白糖,可以一一称量,且不管这是才还是情,即使是在剑桥也不能够称量,虽然那里擅长给人分等级、为人戴帽子、冠头衔。即使是在惠特克的《年鉴》中,你们读到的那张尊卑序列表,我也不相信那就定下了价值最终的高下,或者,也没有任何确凿的理由相信,一位巴思高级勋爵士,最后还是要给一位精神病专门法官让步,让他先去赴宴就餐。唆使一种性别的人去反对另一种性别的人,一种性质去反对另一种性质,自命则为不凡,视人则如草芥,所有这些,都没能超出人类在私立学校那个阶段的所作所为。那个时候,有派系之别,这一派总要压倒另一派,而最重要的事情,莫过于走上一个高台,从校长本人的手中接过一个让人赚足面子的罐子。而人类成熟之后,便不再相信派系之别,或是校长,或是那让人面上增光的罐子。无论如何,说起书来,众所周知的是,若要这样给它们贴上高下优劣的标签,又不让其掉落下来,可谓难之又难。看看现在的文学评论,不就是一再证明了判断的难处吗?"这本伟大的著作""这本毫无价值的作品",说来说去,指的都是一本书。褒贬同样毫无意义。的确,评判高下以作消遣或许算得上有趣,但若作为职业,便最为徒劳无益,而若是对裁定者的判决一味地唯唯诺诺,那就是奴性十足了。写下你想要写下的,那就是了。至于会流传百世,还是过眼云烟,谁也不会知晓。但哪怕是要牺牲一丝一毫你心中的所见,褪去一点一滴你眼中的色彩,只为向某个手里拿着银罐的校长、某位袖中装着量尺的教授以表敬意,都是最为可鄙的背叛。相比之下,失去财富或是贞洁,这些所谓的哀莫大焉,都不过像是给跳蚤咬了一口。

我想,接下来你们可能会不以为然的,就是在我的这一番话中,如此强调物质的重要性。即使那是为象征主义留下的慷慨的空白之处,五百英镑的年薪象征了沉思的力量,门上的锁意味着独立思考的能力,你们仍会说,思想应该超越这些事情。还有,大诗人往往都是穷人。且让我引述一下你们自己的文学教授的话,他可比我清楚,是什么造就了一位诗人。阿瑟·奎勒—库奇教授是

这样写的:①

　　"过去一百年来,都有哪些伟大的诗人?柯勒律治、华兹华斯、拜伦、雪莱、兰德、济慈、丁尼生、勃朗宁、阿诺德、莫里斯、罗塞蒂、斯温伯恩——我们可以停下了。这些人当中,除了济慈、勃朗宁和罗塞蒂,其他人都读过大学。而这三人中,唯有英年早逝的济慈生活清苦。或许这样说来有些残酷,但可悲的是,确凿的事实告诉我们,所谓凡有诗才、无论贫富,无碍其彰的说法,其实不过是空话。确凿的事实告诉我们,这十二人中,九位上了大学,也就是说,他们通过这样那样的方法,接受了英国所能提供的最好的教育。确凿的事实告诉我们,就你们所知,那剩下的三人中,勃朗宁算得上富裕,而我敢这么跟你们说,若是他没那么富裕,他才写不出《扫罗》和《指环与书》,就像拉斯金,若不是他的父亲生意兴隆,他也写不出《现代画家》。罗塞蒂有一小笔私人收入,更何况,他还作画。这样,就剩下了济慈,司天折的女神阿特洛波斯夺去了他年轻的生命,一如她在疯人院中夺去约翰·卡莱尔的生命,还逼得詹姆斯·汤姆森吸食鸦片酊,借以麻醉自己的绝望,以至殒命。这些是可怕的事实,但让我们去正视这一切吧。确实——且不管对于我们民族而言,这是多么的有失荣誉——在英联邦,因为出了某种差错,这些年来,甚至是近两百年来,穷诗人一直机会渺茫。相信我——我在十年中,花了大量的时间观察了大约三百二十所小学——我们尽可以大谈民主,但事实却是,英国的穷孩子,并不比雅典奴隶的孩子拥有更多的机会来获得心灵的自由,而伟大作品的诞生正有赖于此。"

　　没有人能把这一点说得更明白了。"这些年来,甚至是近两百

① 《写作的艺术》,阿瑟·奎勒—库奇爵士著。——原注

年来,穷诗人一直机会渺茫……英国的穷孩子,并不比雅典奴隶的孩子拥有更多的机会来获得心灵的自由,而伟大作品的诞生正有赖于此。"正是如此。心灵的自由正依赖于物质。诗歌依赖于心灵的自由。而妇女一向穷困,远不止近两百年来,有史以来便一直如此。至于心灵的自由,妇女尚且不如雅典奴隶的孩子。所以,妇女写诗的机会也很渺茫。这就是我为何如此强调金钱和自己的一间房间。不过,正是因为以往那些默默无闻的妇女的努力,那些我希望可以多了解一些她们的事,也因为,说来奇怪,两场战争,一是克里米亚战争,让弗洛伦丝·南丁格尔得以走出客厅,一是六十年后的欧洲战争,为普通妇女打开了大门,这一切使得之前的诸多弊端正逐渐得以改善。否则的话,今晚你们也不会在此,而你们每年挣得五百英镑的机会,也只怕要微乎其微了,虽然,就算是现在,恐怕也未必就有很多机会。

也许,你们仍会反驳,为什么你把妇女的写作看得如此重要?而据你所说,为此要付出如此巨大的努力,没准儿还会去谋杀自己的姑姑,几乎肯定要在午餐会上迟到,或许还要被卷入和一些大好人的严重争执中去?请容我承认,我的动机,在某种程度上是自私的。就像大多数未曾接受过教育的英国妇女一样,我喜欢阅读——我喜欢阅读大部头的书。近来,我的饮食变得有些单调乏味;历史,则满目战火;传记,则尽书伟人;诗歌,在我看来,渐渐变得了无生气,而小说——不过,我并没有能力来评论现代小说,这一点已经暴露无遗,所以还是不说为妙。所以,我请大家放手去写各类书籍,不必因为要写的是鸡毛蒜皮,还是鸿篇巨制而犹豫不决。我希望你们可以尽己所能,想方设法给自己挣到足够的钱,好去旅游,去无所事事,去思索世界的未来或过去,去看书、做梦或是在街头闲逛，让思考的鱼线深深沉入这条溪流中去。因为我绝不会让你们只去写小说。倘若你们要来迎合我——如我一样的人还有成千上万——那就去写写游记和探险，研究和学术，历史和传记，批评和哲学，还有科学。这样一来，你们写小说的技能也一定能进步，因为书籍会相互影响。而当小说与诗歌、哲学并肩而立时，一定会大为改观。除此之外，如果你们想一想以往的任何一位大人物，如萨福，如紫式部夫人，如艾米莉·勃朗特，你们就会发现，她不仅是开创者，还是一位继承者，她的出现，是因为对于妇女而言，写作的习惯已经自然而然地形成了。所以，即使只是在为诗歌拉开序幕，你们的这种活动也是弥足珍贵的。

但当我回过头来看看这些笔记，并对自己思想的真实轨迹加以批评时，我发现自己的动机也并非全然自私。在这些见解或是离题万里的闲谈之中，仍贯穿着一种信念——或者说是一种直觉？——那就是，好书令人向往，而好的作家，即便在他们身上，诸种恶习全都历历在目，也仍是好人。因此，在我请你们写出更多的书时，我是在劝你们去做一些不仅有益于自己，还对整个世界有所裨益的事情。不过，该如何证明这一直觉或是信仰，我就不得而知了，这是因为，一个人若是没读过大学，很容易就会上了哲学术语的当。所谓"现实"，是什么意思？似乎是某种飘忽不定、靠不住的东西——时而出现在尘土飞扬的马路上，时而出现在街头的一页报纸上，时而又出现在阳光下的一株水仙上。它照亮了房间中的一群人，为一些闲谈贴上了标签。让在星空下回家的路人为之一震，让这无声的世界远较有声的世界更为真实——随后，它又来到了熙来攘往的皮卡迪利大街，现身在一辆公共汽车上。也有时，它距我们太远，看上去影影绰绰，难以捉摸它的性质。但不论它触及了什么，那便固定下来,成了永恒。那是一日将尽,在藩篱中褪去了表象之后剩下的余迹;那是岁月流逝,爱恨过后的尾声。而作家,在我看来,才有这种机会比旁人更多地生活在这一现实的面前。他将以此为己任,去发现、收集,并将之道出以与我们共享。至少,这就是我在读完了《李尔王》或《爱玛》或《追忆似水年华》之后所得出的推论。读这样的书,就好像在为各个感官施以奇特的手术,摘去掩在其上的白内障,让人觉得眼前豁然开朗,世间的一切仿佛昭然若揭,生活也更为夺目。不愿生活在非现实中的人是令人羡慕的,而被无意中的所为,或是无谓之举撞到了脑袋的人是可怜的。而我之所以要求你们去挣钱或是拥有自己的房间,就是要你们活在现实之中,不管我是否能将之描绘出来,那都将是一种充满生气、富有活力的生活。

我本想就此打住,但一贯的做法却要求每一次演讲都必须总结陈词。而针对妇女所作的总结,想必你们也会同意,应当有些极其振奋人心、让人高尚之处。我应当恳请你们记住自己的责任,更高尚,更崇尚精神追求;我应当提醒你们肩负着多少重任,你们对于未来的影响又是多么重大。不过,我想,把这些规劝留给男人们去说也无妨,他们的口才远非我所能及,他们定会循循善诱,他们也确实这样做了。而我一番搜肠刮肚之后,也找不到任何高尚的情感,来说一说成为伙伴、追求平等,为了更高远的目标而影响世界。我发觉自己只是想平平淡淡、简简单单地说,成为自己比任何事都更重要。不要总想着去影响他人,我会这样说,要是我知道如何把话说得更为高尚的话。想想事情本身。

而随手翻一翻报纸、小说和传记,就又让我想到,女人和女人交谈,必定会心生芥蒂。女人对女人并不客气。女人不喜欢女人。女人——不过,难道这两个字还没让你们觉得烦死了? 我可以向

121

你们保证，我是烦死了。那么，且让我们达成一致，一个女人读给众多女人的讲稿要以某种令人尤为不快的话结尾，也是应当。

可这要怎么说呢？我能想到些什么呢？真相就是，我常常是喜欢女人的。我喜欢她们的不拘习俗，我喜欢她们的浑然天成，我喜欢她们的默默无闻，我喜欢——不过，我不能这样一直下去。那边的碗柜——你们告诉我，那里面只有干净的桌布。但要是阿奇博尔德·博德金爵士①藏在里面该怎么办？那就让我换一副严厉的口吻来说。我先前所说的话，是否充分向你们传达了人类的告诫和责难？我已经告诉过你们，奥斯卡·勃朗宁先生对你们评价甚低。我也指出了拿破仑往日对你们的看法，还有墨索里尼如今的看法。那么，要是你们中有谁有志于写小说，我也为你们着想，引述了评论家的建议，要你们大胆承认身为女性的局限。我还提到了 X 教授，特别指出了他所言妇女在心灵、道德和体能上都要比男人低劣的论断。这些虽不是我一一查询得来，只是不期而遇的，我也如数奉上，而这里是最后一条警告——来自约翰·兰登·戴维斯先生。② 约翰·兰登·戴维斯先生警告妇女说，"当人们不再想生儿育女，女人也就不为人所需了。"我希望你们记下这句话。

我要怎样才能进一步鼓励你们投入生活呢？姑娘们，我要说，请听好了，因为我要开始总结陈词了，在我看来，你们如此愚昧无知。你们从未有过任何重大发现。你们从未动摇过一个帝国，也从未率军上过战场。莎士比亚的戏剧并非出自你们的手笔，你们也从未让任何一个蛮夷之族受到过文明的泽被。你们有何借口

---

① Sir Arhibald Bodkin，当时的检控专员。
② 《女性简史》，约翰·兰登·戴维斯著。——原注

呢？当然，你大可以指指地球上的街巷、广场和森林，那里挤满了黑色、白色和咖啡色的居民，他们都在忙忙碌碌，忙于往来交通、买卖经营，还有谈情说爱，并对我说，我们手头上也另有事情要做。而没有我们的辛劳，海面上便不再会有往来的船只，肥沃的土地也会化为沙漠。我们生下了那十六亿两千三百万人，据统计，这就是现存人类的全部，而或许在他们六七岁前，我们要一直养育他们，为他们洗澡，让他们受教，即使有人相助，这也需要时间。

你们所指的不无道理——这一点我并不否认。但与此同时，我能否提醒你们注意，自从 1866 年以来，英国开办了至少两所女子学院；1880 年之后，法律允许已婚妇女拥有自己的财产；而在 1919 年——那已是整整九年之前了——她们有了选举的权利。还容我提醒你们，大多数的职业向妇女敞开大门，至今已经有近十年的历史了。当你们想到这种种巨大的特权，想到你们享有这些特权由来已久，而且，事实上，至今为止应该约有两千名妇女每年能以这样或那样的方式挣到五百英镑，你们就会承认，所谓缺少机会、培训、鼓励、闲暇和金钱的借口，已经不再站得住脚了。更何况，经济学家告诉我们，西顿夫人生了太多的孩子。你们当然必须生儿育女，不过，在他们看来，你们要生的，是两三个，而非十二三个。

因此，既然手上有了些时间，脑袋里装了些书本知识——另一种知识，也早已够你们用，而我怀疑，你们来上大学，部分的原因，就是为了不再装进这种知识——你们当然应该在这条艰苦卓绝、晦暗不明的漫漫长路上开始一个新的阶段。上千支笔乐于指点你们应该做些什么，又会得到什么结果。我得承认，我自己的建议则有一些不切实际。因此，我更愿意用小说的形式来把它写出来。

我在这篇文章中，告诉过你们，莎士比亚有一个妹妹。不过，请不要在西德尼·李爵士为这位诗人所写的传记中去查证。她年纪轻轻就死了——哎，她连一个字也没有写过。她葬身在大象城堡酒店的对面，那里如今停靠着往来的公共汽车。而我现在相信，这位一个字都未曾写过、葬在十字路口的诗人依然在世。她活在你我的心中，也活在许多其他妇女的心中，今晚，她们不在这里，因为她们还在刷盘子，还在哄孩子入睡。但她还活着，因为伟大的诗人不会死去，她永世长存，只需要一个机会，便会活生生地走在我们当中。而这个机会，我想，正在到来，因为你们有力量给予她这个机会。因为我相信，倘若我们再活上一个世纪左右——我所说的，是要过真实的共同生活，而不是我们一个一个作为个人所过的那种小日子——而且我们中的每个人每年都有了五百英镑和我们自己的房间；倘若我们习惯于自由地、无畏地写出心中真实的想法；倘若我们稍稍逃出了那间共用的起居室，不再总是从人与人之间的关系，而是从人与现实之间的关系去观察人物，对于天空、树木或是万事万物，都能从其本身出发去加以观察；倘若我们的视线能透过弥尔顿的幽灵，因为谁都不该挡住我们的视界；倘若我们面对事实，正因为这是事实，没有可以依靠的臂膀，我们只有独自前行，而我们的关系是与现实世界的关系，而不仅仅只是和这个男人与女人的世界相关，那么机会就将来临，那死去的诗人——莎士比亚的妹妹，她那入土已久的躯体便会重焕新生。她将会从那些无人知晓的前辈身上汲取生命，就像在她之前，她的哥哥所做的那样，她将重生于世。但若没有这种准备，没有我们的努力，没有重生后，她对可以活下去、可以写诗的信念，我们就难以期望她的到来，因为这是不可能的。但我仍相信，只要我们为她而努力，她就会到来，而这样一番努力，即使是一贫如洗、默默无闻，也是值得的。

妇女与小说

《妇女与小说》这个题目,读来有两层意思:一是妇女和她们所写的小说,二是妇女和关于她们的小说。这看起来模棱两可,其实是有意为之,因为,谈到女作家,总要灵活一些才好。而在谈到她们的作品之余,还要留有余地,以便可以谈一谈此外的一些东西,这又是因为,总有一些与艺术毫不相干的东西,影响了她们的作品。

　　对于妇女的作品,哪怕只是走马观花稍作了解,也会立刻让人生出一连串的疑问来。我们马上就会问,为什么18世纪以前,没有源源不断的女性作品问世?为什么自那以后,她们就几乎和男人一样,时常写作,还一部接一部,写出了英国小说中的经典之作?又为什么她们的艺术在当初采取了小说的形式,为什么时至今日,还依然如此?

　　想一想就会明白,这些问题即便有了答案,只怕也是纯属虚构。因为答案如今还在那些破旧的日记本中尘封良久,还塞在那些上了年头的抽屉里,只怕是老年人也已经忘得差不多了。唯有从无名之辈的生活中,到那些几乎不见灯火的历史长廊里去,恐怕才找得到答案。那里,世世代代的女性身影淹没在黑暗之中,偶尔才为人所见。确实,关于妇女,我们知之甚少。英国的历史是男性的历史,不是女性的。我们对自己的父辈,事无大小,多少都有些了解。知道他们是战士还是水手,任过什么公职,或是制定了什么法律。但是,对我们的母亲、祖母、曾祖母,我们还记得些什么呢?除了一些因袭的说法,我们一无所知。我们只听说,一个长得漂亮,一个长了满头红发,一个曾被女王吻过。我们只知道,她们叫什么,哪一天嫁的人,生了几个孩子,除此之外,别无所知。

这样看来,要是我们想知道,在某个特定时期,妇女为什么做了这件事、那件事,为什么她们有时什么都不写,为什么有时正相反,她们又写下了什么不朽的篇章,这还真是个大难题。谁要是能去故纸堆里翻出个究竟,把历史里里外外翻个底朝天,为我们如实描绘出莎士比亚时代、弥尔顿时代、约翰生时代普通妇女的日常生活,那他不仅会写出一本妙趣横生的书来,他还为评论家提供了一件前所未有的武器。非凡的女性来自于平凡的妇女。而只有我们了解了平凡妇女的生活状况——她生了几个孩子、是否自己赚钱、有没有自己的房间、是否有人帮她带孩子、请没请佣人、还需不需要分担家务——考察过平凡妇女所能拥有的生活方式和生活经历之后,我们才能对非凡女性,作为小说家的成功或是失败,说出个所以然来。

妇女的创作,往往是一阵活跃之后,便被奇怪的沉默打断,在历史上留下一段空白。公元前 6 世纪,在希腊的一个小岛上,萨福和一小群女人在写诗。后来,她们沉默了。而后,到了公元 1000

年前后，我们在日本又发现了一位宫廷女子，紫式部夫人，写下了一部优美的小说长卷。可是，在 16 世纪的英国，就在那些戏剧家和诗人们最活跃的时候，妇女却一声不吭。伊丽莎白时代的文学无一例外全是男性的。之后，到了 18 世纪末、19 世纪初，我们才看到，妇女又在写作了。这一回是在英国，她们不仅写得多，还大获成功。

毫无疑问，法律和习俗要为这种沉默与活跃的奇怪更替负上大部分的责任。若是一个女人因为不愿嫁给父母为她选定的男人，就要被关进屋子、饱受拳脚，就像在 15 世纪的英国所发生的那样，这种精神氛围，总归无益于艺术作品的产生。在斯图亚特王朝时期，无需征求女人的同意，就可以将她随便嫁人，而男人自此就成了女人的夫君和主宰，"至少依据法律、遵照习俗，是这么回事"，这样一来，她恐怕没有什么时间可以用来写作，更不用说，会有人鼓励她这么做了。而时至今日，在这个精神分析的年代，环境与意见带给心灵的巨大影响，才刚刚为我们所知。借助于回忆录和信札，我们也刚刚开始理解，想要创作出一件艺术作品来，需要多么不同寻常的努力。对于一位艺术家而言，她的内心又需要怎样的呵护和支持。关于这一点，济慈、卡莱尔、福楼拜这些男作家的生平和书信，足以证明。

由此可见，之所以小说会在 19 世纪初期的英国蓬勃兴起，显然得益于法律、习俗和日常生活中的无数细微变化。19 世纪的妇女多少有了些闲暇，她们多少受了点教育。自由择婿也不再是中产阶级妇女的特权。而耐人寻味的是，这四位伟大的女小说家——简·奥斯汀、艾米丽·勃朗特、夏洛蒂·勃朗特，还有乔治·艾略特——没有一个生了孩子，其中的两个甚至从未嫁人。

尽管写作的禁令已被解除,但看来妇女所受的压力仍然不小,她们依旧只能写小说。说到天赋与性格,再没有另外四个女人会像她们这样如此不同了。简·奥斯汀和乔治·艾略特可以说毫无相似之处,乔治·艾略特和艾米丽·勃朗特则截然相反。但她们的教养却让她们选择了同一件事来做。她们一开始动笔,就都写起了小说。

　　小说,对于妇女而言,曾经是也仍然是,最好写的一种东西。原因并不难找。同为艺术,唯有小说,最不需要全神贯注。戏剧和诗歌则不同,相比之下,小说可以随时拿起来,随时放下。乔治·艾略特丢下她的作品,去照顾父亲。夏洛特·勃朗特搁下笔,为的是要去挖掉土豆上的芽。何况,妇女的生活,不外是共同的客厅和往来的宾客,她的心思全都花在了察言观色、分析人物上。生活教会了她写小说,而不是写诗。

　　即便是在 19 世纪,妇女的生活仍然几乎完全为家庭和情感所占据。而 19 世纪的那些女性小说,尽管也都十分出色,却无法否认,这些小说的作者,只因身为女性,家庭和感情之外的生活就对她们闭上了大门。而这些生活经历对于小说的影响是毋庸置疑的。譬如说,若是不让康拉德去做水手,那他小说中最精彩的部分,可就毁于一旦了。若是托尔斯泰没当过兵,没上过战场,没那么有钱,也没受过什么教育,他就不可能拥有如此丰富的经历,连同他的人生阅历、社会经验,也都会烟消云散,而《战争与和平》也会大为逊色。

　　可是,对于《傲慢与偏见》《呼啸山庄》《维莱特》,还有《米德尔马契》的作者来说,她们就是这样被紧紧关在了中产阶级的客厅里,除此之外,哪儿也不能去。对她们来说,亲历战争、出海远洋、从政经商都是非分之想。就连她们的感情生活，也有法律和习俗来层层约束、严加限制。乔治·艾略特公然和刘易斯先生未婚同居，闹得沸沸扬扬，落得一片指责，最后只好躲出城去、远离尘嚣，这样的处境，显然不利于她的写作。她这样写道，除非人们出于自愿，要来这里看她，否则的话，她概不会客。而与此同时，在欧洲的另一侧，托尔斯泰正在当兵，过着逍遥自在的日子，和来自社会各个阶层、形形色色的男人女人厮混在一起，却没有一个人对他指指戳戳，而他的小说，也得益于此，才如此包罗万象、生动活泼。

作者的阅历不足，作品必然会受到影响，然而，妇女所写的小说，所受影响并非仅此而已。至少在 19 世纪的女性小说中，还有一个显著的特征，也与作者的性别息息相关。在《米德尔马契》和《简·爱》中，我们看到的，不仅是作者的个人风格，就像查尔斯·狄更斯那样，风格独特、清晰可辨，还看到了一个女人的身影——一个对她所遇的不公心怀怨恨，为她应有的权利大声疾呼的女人。这就让妇女的小说读来不同，因为男人的小说中，完全见不到这种东西，除非事有凑巧，这位作家先生正好是个工人、黑人，或是出于别的原因，也对自己的无能为力耿耿于怀。小说的缺陷，往往就来自因此而产生的扭曲。假小说以泄私愤，或是借着书中的人物，把满腹的牢骚、苦衷，一吐为快，免不了会分散读者的注意，这就好比，一时之间花了眼，把本来吸引了他注意的那一个点，看成了一双。

简·奥斯汀和艾米丽·勃朗特的非凡之处，就在于，她们既不去呼吁，也不去请求，对于轻蔑或是非难，全然不放在眼里，她们依旧我行我素。然而，若要忍得下怒火，非要有澄明的心境和坚强的意志不可。须知妇女涉足艺术，便要面对各种不期而至的冷嘲热讽、口诛笔伐，也总有人用这样那样的方式，来证明她们低人一等，这样一来，她们自然心中不平。只需一睹夏洛特·勃朗特的愤怒、乔治·艾略特的隐忍，我们就可以看到这种反应。更不用说在一些二流女作家那里，这样的情绪更是再三出现——从她们所选的主题，从她们别扭的固执己见，从她们做作的温柔体贴中，无处不见这种情绪。而且，不知不觉间，她们就变得虚情假意了。她们动笔之时，心中念念不忘对权威的敬意，所以一旦落笔，不是像个大男人，就是像个小女人。作品本身的真诚正直却被丢在了一边，结果就是，小说也就失去了称之为艺术的本质所在。

妇女的小说已变得大为不同，这似乎是因为，她们的态度已经发生了潜移默化的改变。女小说家不再怒气冲冲，她不再愤愤不平。动笔之际，也不再去呼吁或请求。这样一个时代，要是说我们还未到达，那至少也可以说，我们正朝它走去。到了那时，在她的小说中，将再难见到，或许再也见不到，那些与艺术无关的影响了。她可以专心创作，不为外界所扰。曾经，只有与众不同的天才，才能视影响为无物，而如今，就连普通妇女也可以做到这一点。因此，如今妇女所写的小说，大体而言，比一百年前，甚至只是五十年前的小说，都要真诚得多，也要有趣得多。

即便如此，一个女人若想随心所欲地写作，也还有许多困难先要面对。首先就是技术上的问题——听起来，似乎十分简单，实际上，却十分地棘手——就是说，现有的句式，对她来说，并不合适。这种句式，是男人所造，太松散、太沉重，女人用来，也有些太盛气凌人。但是，小说的版图如此辽阔，作者只有找到一种寻常、惯用的句式，才能把读者轻松自如地从一头带到另一头。而这就必须由妇女自己来创造，把现有的句子改头换面，直到写出自然流畅的句子,可以原原本本地表情达意,而不至于歪曲了她的本意、压垮了她的思想。

但毕竟,这只是求鱼之筌,而只有当妇女鼓起了勇气去面对指责,下定了决心要忠于自己,才能借此达到自己的目的。因为,归根结底,小说要做的,是描写大千世界,描写成百上千种不同的事物——人、自然、神,还要将它们之间千丝万缕的关系,一一呈现。而在每一本好的小说中,这一切都会凭借着作者的艺术想象之力,变得井然有序。但也还有另外一种力量,左右着它们的秩序,那就是传统。而传统,总是男人说了算,生活的价值,孰轻孰重,也一向由他们说了算,那么,既然小说主要来自生活,他们的看法,很大程度上,也在小说里占了上风。

然而,无论是生活的价值所在,还是艺术的真谛为何,女人的看法和男人往往都大相径庭。所以,女人一旦写起小说来,总会觉得现成的价值观不妥,就想把它改一改——男人不屑一顾的东西,她要认真对待,在男人看来事关重大,她却认为无关紧要。就是因为这样,她当然会为人所诟病。因为,这真让另一种性别的批评家们大感不解,竟然有人要改变现有的价值尺度,难怪他要大吃一惊了,不仅仅把这当成了不一样的声音,还认为,这毫无道理,净是些鸡毛蒜皮、多愁善感的奇谈怪论,就因为,这和他自己的看法不同。

不过,妇女如今也变得更有主见了。她们开始相信自己明辨是非、评判价值高下的能力,对于自己也有了敬意。因为这个缘故,她们的小说里,也开始有了新的内容。她们似乎对自己的兴趣淡了,对其他女人的兴趣增强了。19 世纪初,妇女的小说大多数都是自传性的。她们这样写的动机之一,就是想要把自己的痛苦说出来,为自己的理想辩护。现在,这种想法不再这么迫切了,妇女开始深入了解她们自己的性别,开始勾勒出前所未有的女性形象。这当然,也因为,一直以来,文学中的妇女形象全都来自男人的笔端,直至最近,才有了改观。

这里,她们又遇上了困难有待克服,这是因为,一般来说,女人不像男人那样,乐于被人观察,而日常生活,也没给她们什么引人注目的机会。一个女人的一天,几乎不会留下什么痕迹。做好的饭菜被吃掉了,拉扯大的孩子也远走高飞了。哪里值得留意呢?又有什么值得小说家大书特书呢?几乎没有。她们的生活,向来默默无闻,所以让人难以捉摸、令人困惑不解。这个黑暗中的国度,第一次,在小说中,有人留下了探索的足迹。而此时此刻,各行各业的大门也向妇女打开,女性小说家必须把思想中、习惯上的一些变化记录下来。她必须仔细观察,妇女的生活如何不再沉寂于地下,而一旦暴露在外面的世界中,她们又拥有了怎样的色彩与斑斓。

此时此刻,若是要对眼下妇女的小说有何特征下一个结论,或许可以说,她们的小说勇气十足、真诚,也忠于女人的感受。小说里不再满是痛苦,也不再为女性大声疾呼。但同时,她们的小说和男人的相比,写法也大为不同。这些特征,比以往更常见,即使是二三流的小说,也因为这种坦率和真诚,让人有了兴趣、觉得可以一读。

但除了这些优点,尚有两点,还值得一提,可以进一步讨论。英国妇女摇身一变,从一个时隐时现、朦朦胧胧、无足轻重的角色,变成了一个负责的公民,参与投票、自己赚钱,这就让她们的生活和艺术都转向了非个人化。她们现在不光谈情说爱,也交流思想、议论政治。以往,她们若对什么心生疑问,也只能从丈夫或兄长的目光所及和利益所在中旁敲侧击,如今,自己也置身事中,不绕圈子、不再空谈,她们也就不再只是对别人指手画脚,而要亲力亲为了。这样一来,她们的注意力,也就不再像过去那样,只是紧盯着自己的小圈子,而开始转向了非个人化的世界,她们的小说,自然就多了几分社会责任,而少了一些个人色彩。

像牛虻一样针砭时弊、指摘国事,这种事情,向来由男人一力承担,不过,我们不难想到,如今,女人也要为之尽心尽力了。她们的小说也要针对社会的弊端,提供救治的良药。她们笔下的男男女女也不再只是成日里风花雪月,他们也要走进不同的圈子、阶级和种族,经历各种纷争与矛盾。这一变化自然重要。但有些人更青睐蝴蝶,而非牛虻,换句话来说,她们钟爱的是艺术家,而非革命者,在她们看来,另一个变化还要有趣得多。须知,迄今为止,妇女小说中最薄弱的地方,仍是诗意的缺乏,而妇女的生活更加非个人化,正有助于诗人气质的发展。这会让她们不再一味注重事实,不再满足于刻画细节,不再像以往那样,观察到的一点一滴,都务求纤毫毕现。她们将会抛开个人生活和政治活动,将目光投向更为普遍的地方,投向一直以来,诗人们试图解答的问题——我们的命运何在,人生的意义何在。

当然,诗意的态度,很大程度上,仍有赖于物质的基础。要有足够的闲暇,还要有一点钱,有了钱和闲暇,观察起事物,才有可能置身事外、从容不迫。有了钱和闲暇,妇女自然就会比以往更专注于文学创作。她们写起小说来,才会得心应手。她们的技巧也将更为大胆、更加丰富。

以往,妇女小说的长处,常常在其天籁自发,好比画眉或是八哥,啁啾呢喃,并非学来,全从心底流出。但这往往更像是闲言碎语、絮叨个没完——不过是洒在纸上的闲话,等着晾干的斑斑墨迹而已。将来,妇女有了时间、书籍、屋里也有了属于自己的一点空间,文学,对女人来说,才会像对男人来说那样,成为一门可以学习的艺术。女人的天赋就可以得到训练,得以更好地发挥。而小说,也就不会再是倾泻个人情绪的场地。比起今天来,小说才能像其他体裁那样成为艺术品,而它的长处和短处都将得到深入的研究。

由此向前再跨出一小步,便走向了更为优雅细腻、迄今为止还鲜有妇女涉足的艺术领地——散文、评论、历史和传记。为小说着想,这一进步,也大有裨益。这不仅有益于提高小说自身的质量,还可以让那些只因写小说容易而写小说,其实却心有旁骛的人找到自己的归属。这样一来,小说才能摆脱历史和事实的堆砌,在我们这个时代,全拜这些所赐,小说才如此臃肿不堪。

所以,我们或许可以预言,将来妇女所写的小说会少一些,但会好很多。她们所写的,也不仅只是小说,还有诗歌、评论和历史。这一预言说出了我们对未来的憧憬,那将是一个美好的黄金时代,到那时,妇女将会拥有长久以来一直被剥夺了的东西——闲暇、一笔钱,和一间自己的房间。

选篇五

《简·爱》与《呼啸山庄》

距夏洛蒂·勃朗特出生已有百年之久,如今,如此多的传说、热爱和文字将她簇拥其中,而她,不过活了三十九岁。若是她可以活到一般人那么大的岁数,那些传说又会变作怎样,想来也会让人好奇。她或许会和自己同时代的名流一样,常在伦敦和别处抛头露面,为人摹画,留下无数的奇闻逸事,写下多部小说,说不定还有几篇传记,但她却在我们对她中年时期声名显赫的回忆中,离我们而去。或许,她的生活会变得富裕,事业也大有所成。可事实并非如此。我们一想到她,脑海中出现的,就是现代世界中某个时乖命蹇的人,让人回想起上个世纪的50年代,约克郡旷野上,一间偏远的牧师住宅。而她,就在那间牧师住宅里,在那片旷野上,孤苦伶仃,永远留在了贫苦和声名中。

如此境况,既然影响了她的性格,或许,也在她的作品中留下了蛛丝马迹。在我们看来,一位小说家,若要建构其作品,想必会用上一些不那么经久耐用的材料,一开始,这些材料还能为小说增添几分真实,不过,到了最后,这些就都成了碍手碍脚的垃圾。我们又一次翻开《简·爱》,难掩心中的疑虑:她的想象世界是否停留在维多利亚女王时期中期,已成陈迹,是否像旷野上的那间牧师住宅一样陈旧不堪,唯有好奇者才会踏足,只有信徒才会保护?我们翻开《简·爱》时,心中就是这样疑虑重重。不过,待我们读上一两页,心中的疑虑便一扫而空了。

猩红色的幕帘层层叠叠,遮住了右边的视线,左边,明净的几扇窗子,虽然保护着我,却并没有将我与这十一月的沉闷天气隔开。有时,在我翻书的当儿,我会凝神望着这个冬日午后的景象:远处,灰蒙蒙的云雾;近处,湿漉漉的草地、被风吹雨打的灌木……雨水肆虐,灌木在哀号的长风下,飘摇不止。

没有什么比这旷野本身更为脆弱,没有什么比那“哀号的长风”更易为风尚所左右?这种兴奋轻易间就会消失殆尽,却又催着我们一口气读完这一整本书,不容我们有时间去思考,不让我们把目光从书上挪开。我们如此全神贯注,哪怕有人在房间里走动,我们都会以为那是约克郡上的某个人在走动。作者拉住了我们的手,强迫我们与她一路同行,见她所见,寸步不离,使我们对她片刻难忘。结果便是,我们沉浸在夏洛蒂·勃朗特的才华、激情和义愤中。一张张与众不同的面庞,一个个轮廓分明、长相乖张的人物,在我们面前一闪而过。不过,这一切,只有通过她的双眼,我们才得以一见。一旦她离开了,他们也就无迹可寻。想到罗切斯特,我们也不得不想到了简·爱。想到那片旷野,我们又想到了简·爱。想到那间客厅①,甚至是那些"白色的地毯,上面似乎印着鲜艳的花环",那"浅白色的帕里斯炉台"和波西米亚"红玉"还有"雪白与火红,色彩斑斓地融合在了一起"——若是不谈简·爱,这一切又算得上什么呢?

简·爱身上的缺点不难看出。总是做家庭教师,总是坠入爱河,这在一个并不是人人非此即彼的世界里,毕竟太过狭隘了。与之相比,简·奥斯汀或是托尔斯泰笔下的人物,可以说是千人千面。他们给众多不同的人物带来影响,这些人又像镜子那样映照出他们来,就这样,他们活泼地存在于错综复杂的关系之中。他们四下走动,不去理会创造者在不在盯着,而他们栖身的那个世界,在我们看来,也好像是一个独立的世界,一经他们的缔造,我们也就可以去登门造访。若说人格力量和眼界的狭隘,托马斯·哈代与夏洛蒂·勃朗特最为相似。但两人的不同之处也是一目了然。《无名的裘德》并不让我们急于读完,而是让我们左思右想,心下生出一连串离题的念头来,在人物的身旁造成了怀疑和建议的氛围,而对此,他们自己常常是一无所知。他们都是淳朴的农民,而我们不得不让他们面对各自的命运,以及事关重大的难题,因此,在哈

---

① 夏洛蒂和艾米莉·勃朗特对色彩的感觉几乎相同。"……我们看到了——啊!真美啊!——如此富丽堂皇的一个地方,地上铺着猩红色的毯子,桌布、椅罩也是一色的猩红,纯白色的天花板镶着金边,正中垂下吊在银链子上的玻璃流苏,映着纤小的蜡烛,闪闪发光。"(《呼啸山庄》)"不过,这只是间非常漂亮的客厅而已,里面另有一间闺房,全铺着白色的地毯,上面似乎印着鲜艳的花环。两间房子的天花板上,雪白的葡萄和藤蔓图案勾勒出了白色的线脚,映衬之下,下面的猩红色沙发和长凳显得益发鲜艳;浅白色的帕里斯炉台上镶嵌着波西米亚玻璃制成的饰品,有如红玉,晶莹闪亮。而在窗间的这几扇大镜子里,这雪白与火红,色彩斑斓地融合在了一起。"(《简·爱》)——原注

代的小说中,看来最重要的人物,往往却是那些无名氏。而这种本领,这种思辨的好奇心,在夏洛蒂·勃朗特的身上,却无迹可寻。她并不打算去解决那些人生问题,对那些问题,她甚至一无所知,她把全身的力气,那因为受了束缚而更加强烈的力气,全用了出来,大声疾呼:"我爱","我恨","我痛苦"。

因为,这些以自我为中心、为自我所束缚的作家,有一种那些心胸更为开阔、气量更为宽宏的作家所不具备的力量。他们的印象,在狭隘的四壁中,被紧紧包裹在了一起,重重地打上了印记。从他们心底涌现出的东西,无不打上了自己的印记。他们几乎不向别的作家学习,即使拿为己用,也无法吸收。哈代和夏洛蒂·勃朗特,他们似乎都在一种生硬、端庄的新闻体中找到了自己的风格。他们的散文大都笨拙、不够灵活。但这两个人同在不屈不挠地努力,仔细推敲直至每一个字都称心如意,为自己锤炼出了合适的散文,可以让他们尽抒胸臆。而且,自有一种美、一种力量、一种敏捷在其中。至少,夏洛蒂·勃朗特,并没有从广泛的阅读中有何收获。她从未学会职业作家的流畅通达,也不能像他们那样随心所欲地堆砌辞藻、左右文字。"我向来不能从容自若地和强大、审慎以及优雅的心灵交流,不管它属于男人还是女人,"她如是说,看上去和任何一个地方杂志的社论作者并无二致,但接下来,她那火气冲冲、急不可遏的声音,就展现了自己的本来面目,"直到我越过了传统保守的外围工事,跨过了自信的门槛,在他们内心的炉火旁赢得了一席之地。"就在那里,她找到了自己的位置,就是心中之火,那摇曳不定的红色光芒,照亮了她的书页。换句话来说,阅读夏洛蒂·勃朗特,我们并不为她对人物性格细致入微的观察——她的人物生气勃勃、简单明了,也不为寻得一丝喜剧色彩——她的书中只有粗砺残酷的现实，也不为获悉一些人生的哲学见解——她的见解不外一个乡村牧师女儿的想法，而是为她的诗意。或许，凡是如她一般，个性强烈的作家，莫不如是，也因此，就像我们在现实生活中常说的那样，他们只消把门打开，就无人不晓了。他们的心中有一股野性的凶猛，永远和既成的秩序为敌，所以，他们才要马上动笔创作，而不是耐心观察。正是这种热情，抗拒着默默无闻和诸多些微的障碍，跃过了那些常人琐事，与他们那不曾溢于言表的激情齐飞。这让他们成为诗人，即使他们想写散文，也不愿被束缚了手脚。因此，艾米莉和夏洛特便总是求助于大自然。她们都感到，需要在言辞和行动无力表达之处，为人性中博大而沉眠的激情找到更为有力的象征。夏洛特最好的一部小说《维莱特》，就是以一场暴风雨而告终。"天空低沉，阴霾密布——西天驶来了沉船，云彩的形状千变万化，莫可名状。"她假自然来描写内心，因为非此不足以表达。不过，两姐妹对自然的观察，全不如多萝西·华兹华斯观察的精确，亦不如丁尼生摹画的细腻。她们抓住了大地上，与她们所历所感或是托于笔下人物所历所感最为相近的方方面面，因此，她们笔下的暴风雨、旷野和夏日的宜人时光，都不是为了装点枯燥的书页，也不是为了炫耀作家的眼力——而是为了寄之以情，彰显作品的意义。

一本书的意义，往往不在于写了什么事或是说了什么话，而是在于作者眼中的事物与事物本身之间的联系，因其千差万别，这意义也就难以捉摸。若是作者是位诗人，就像勃朗特姐妹，这一点就更是如此，他所表达的意义和他所用的语言不可分离，而这意义，本身不过是种情绪，并非具体的观察。《呼啸山庄》是一本比《简·爱》还要难懂的书，因为艾米莉是一位比夏洛特还要伟大的诗人。

当夏洛特写作的时候,她总是雄辩滔滔、光芒四射、激情澎湃地说"我爱","我恨","我痛苦"。她的体验,虽然更为强烈,却和我们还站在一处。但在《呼啸山庄》里,却没有这个"我",没有家庭女教师,也没有雇主。有爱,却并非男女之爱。艾米莉的灵感来自于某种更普遍的概念。她的创作冲动并非来自自己的痛苦或是受过的伤害。她向外看去,看到的是一个四分五裂、混乱无序的世界,便觉得内心里有力量,要在一本书里将这个世界恢复如初。一整本书里,从头到尾都可以感觉得到这种雄心壮志——这是场战斗,尽管受了些挫折,但作者依旧信心百倍,借着笔下人物之口,说出的,绝不只是"我爱"或"我恨",而是"我们,整个人类"以及"你们,永恒的力量……",这句话并未说完。她言犹未尽,这并不奇怪。让人称奇的,是她竟让我们感觉到了她心里想说的究竟是些什么。这从凯瑟琳·恩肖说了一半的话中流露了出来,"如果别的一切都毁灭了,只要他还在,我就还能活下去。但如果别的一切依旧,唯独他不在了,这世界就完全成了一个陌生的地方,我也就不属于这个世界了。"这在死者的面前又一次流露出来。"我见到了安息,无论尘世或是地狱都无法打扰,而无尽亦无阴暗的来世——他们所去的永恒之所——,也让我安心,那儿生生不息,大爱慈悲,欢喜圆满。"正如此处所暗示的一样,人性的表象之下潜藏着如此力量,将诸表象升华为崇高的境界,也因此,这部作品与其他小说相比,才有了崇高的地位。但是,艾米莉·勃朗特不满足于只写上几首诗、发出一声呐喊、表达一种信念。这一切,她已经在诗中全部做到了,而她的诗歌或许会比小说流传得更为久远。不过,她不只是诗人,也是一位小说家。想必,她为自己挑上了一件吃力不讨好的差事。她不得不去面对形形色色的生存状况,费尽力气把一桩桩身外事的来龙去脉搞清楚,还要像模像样地搭建起农场和房屋,把与她并不相干的男男女女的言谈一五一十地写下来。因而,我们可以站在情感的巅峰之上,不是因为听到了什么夸张或狂热的言语,而是因为,我们听到了一个小姑娘,坐在树梢上摇摇荡荡,为自己哼唱起老歌,看到了旷野上,羊群正在啃咬草皮,柔和的风在草间吟唱。那农场连同其间上演的一幕幕荒诞无稽、匪夷所思的故事,全都历历在目。我们有充分的机会,去把《呼啸山庄》与一个真实的农场,把希思克利夫和一个真实的男人加以比较。我们也可以问道:既然这些男男女女与我们所看到的人如此不同,那么,所谓真实、洞见或是高尚的情操又是从何而来呢?但即便我们如此质疑,在希思克利夫身上,我们还是看到了那个天才妹妹眼中的哥哥。我们说,不可能有他这样的人,然而,尽管如此,在文学的殿堂里,却再也找不到像他一般形象逼真、生气勃勃的少年来了。凯瑟琳母女也是这样。我们会说,没有女人会像她们那样想、那样做。但同样,她们仍是英国小说中最可爱的女人。艾米莉仿佛把我们所知的人类特征全撕了个粉碎,又为这些无法辨识的透明碎片送上一阵强劲的生命之风,他们便借此超越了现实。她就是有如此罕见的本领,可以将生命从其赖以存在的事实之中释放出来。寥寥数笔,便勾勒出一张面庞的精神所在,无须再去添上手脚躯干。一提到旷野,我们便听到了狂风怒吼、雷声隆隆。

选篇六

诗歌、小说和小说的未来①

---

① 这篇文章最初连载于《纽约先驱报》1927 年 8 月 14 日和 21 日的两期,后收录到
散文集《花岗岩与彩虹》中,略作修改,以《狭窄的艺术之桥》的名字重新发表。

大多数评论家对于当下都不屑一顾,只是一味盯着过去。毫无疑问,他们对当下的创作不置一词,这是明智的做法。他们把这个任务留给了书评家,而书评家这个称呼,听上去似乎就意味着他们自身连同他们评论的对象,不过是转瞬即逝而已。但我有时自问,难道评论家就总是要对过去负责任,就必须总盯着身后吗?他就不能偶尔也转过身来,像鲁滨逊·克鲁索在那个荒岛上做的那样,用手遮住阳光,看向未来,在迷雾中看到那片土地隐约的轮廓,想着或许,有朝一日我们也会登上那里。当然,这样的凭空猜测,真实与否,永远也无法证实,但在一个像我们现在这样的时代,诱惑如此之大,自然免不了沉溺于这样的猜测。因为,在这个时代里,我们的脚下并不牢固,我们身边的事物都在运动,我们自己也在运动。难道告诉我们,哪怕只是猜上一猜,我们在往何处去,不正是评论家的职责所在吗?

　　显然,这样的探究,范围必须严格控制,但是,即使只是短小的篇幅，或许也足以略举一例，把这种令人不满又让人举步维艰的情况拿出来，以供研究。而一番考察之后，或许，我们就可以更好地猜到，在克服了这种情况之后，我们该走向哪里。

确实如此，一个人读多了现代文学，不可能感觉不到某种不满和困难正阻碍着我们前进。作家们企图做一些他们力所不能及的事情，在方方面面都做出尝试，硬要以他们所使用的形式来表达一种对这种形式来说全然陌生的意义。虽然可以说出诸多的理由来，但此处还是只挑一个来说，那就是为我们的父辈们效力了世世代代的诗歌，已经无法再为我们效力了。诗歌不再像为他们效力那般自由地为我们服务了。这条渠道，曾让无数的精力和才华得以表达，如今却似乎变得狭窄起来，或是已经转向了别处。

这种说法，当然也是在一定的范围内才正确，我们的时代是抒情诗的时代，也许，以往的时代都不能与今日相比。但对于我们这一代人，以及下一代人来说，因大喜或大悲所抒之情，未免过于强烈、饱含了太多的个人色彩，又如此狭隘，已经远不适用了。我们的心中充满了各式各样可怕、混乱、难以驾驭的情感。地球已逾三十亿年的高龄，人生却不过一瞬而已。尽管如此，人类的心灵却广阔无垠；人生何其美丽，却又如此丑陋；人类的同胞们讨人喜爱，又惹人生厌；科学和宗教毁掉了夹在其间的信仰；一切相连的纽带似乎都已断裂，不过，某种控制一定还存在着——作家如今的创作环境，就是这样令人困惑、充满冲突，而一首抒情诗的纤巧结构，已经无法容得下这样的观点，就像一片玫瑰叶，包裹不住一块粗砺的巨石一样。

不过，若是我们自问，要表达这种充满了困惑与冲突的态度，我们在过去是如何做到的，这种态度看上去非要一个角色与另一个争斗不可,而同时,还要求有一种整体上的刻画能力,一个整体的概念,才能一以贯之、协同有力。我们必须承认,在过去确实曾有这样一种文学形式,不过,这种形式并非抒情诗,而是戏剧,伊丽莎白时期的诗剧。而这种形式,如今大概已经死了,再也没有复活的可能了。

这是因为,只消我们看上一眼诗剧的状况,便必定会担心,如今究竟还有没有什么力量可以让其复生。一直以来,最具才华与抱负的作家们仍在创作诗剧。自从德莱顿辞世之后,似乎每一位大诗人都曾在这一领域显露过身手。华兹华斯和柯勒律治,雪莱和济慈,丁尼生、斯温伯恩还有勃朗宁(此处只说说已故的诗人)都写过诗剧,却没有一人成功。他们写下的那些诗剧,恐怕只剩下斯温伯恩的《亚特兰大》和雪莱的《普罗米修斯》还有人在读,即便如此,和他们的其他作品相比,这些诗剧也少有人问津。而剩下的那些诗剧,全被我们束之高阁。它们早早地就把头埋到翅膀下面,睡着了。没有人想去打扰它们的安眠。

然而,我们忍不住要为他们的失败找到某种解释,或许借此,可以照亮我们所考虑的未来。而沿着这个方向,说不定在某处,就可以找得到何以诗人再也写不出诗剧的原因。

有一种模糊而神秘的东西,叫做生活的态度。若是把目光从文学暂时移向生活,我们都认识这样一些人,他们与生存作斗争,生活不幸、从来得不到想要的东西,困惑不解、牢骚满腹,他们站在一个别扭的角度,看什么自然都会有些歪歪扭扭。也还有另一些人,尽管看上去十分地心满意足,却好像与现实全然失去了联系。他们把感情全都浪费在了小狗和旧瓷器上面。除了自己的健康好坏和社会上的势利之风如何起落,他们别无兴趣。然而,还是有一些人给我们留下了深刻的印象,但要探个究竟,却又难以说清是出于天性还是环境使然,他们得以在重要的事情上充分施展他们的才华。他们未必快乐,也未必成功,却让人感到热情洋溢,做什么都兴致勃勃。他们似乎浑身上下都充满了生气。这在一定程度上,或许是境遇使然——他们生来,便有着适宜的环境——但更大程度上,还在他们自身,因为种种素质平衡相宜,也就不至于会从一个别扭的角度,把什么都看得歪歪扭扭;不会如隔迷雾,把一切都看作了扭曲变形,而是规规矩矩、合乎比例,牢牢地抓住了一些东西,当他们采取行动之时,也就卓有成效。

　　一位作家,也是如此,对生活拥有一种态度,虽然这是一种不同的生活。他们也有可能站到了别扭的角度上,他们也会困惑、失望,得不到他们身为作家所追寻的东西。譬如乔治·吉辛,就是这样。于是,他们也可以退隐近郊,把他们的兴趣浪费在宠物狗和公爵夫人身上——美丽动人、多愁善感、谄上傲下,我们的一些极为成功的小说家便是如此。不过,也还有一些作家,或出于天性,或出于境遇,在他们的立足之处,可以为重要的事情尽展才华。这并不是说,他们写得快或写得轻松,也不是说,他们就能一举成名、大获成功。我所做的,是要对大部分伟大的文学时代中普遍存在的一种品质略加分析,而这种品质在伊丽莎白时期戏剧家的作品中又最为突出。他们似乎对生活有一种看法,站在他们所处的位置上,他们可以尽情舞动他们的手脚,而从那里看来,尽管看到的是林林总总不同的东西,但对他们来说,这个角度却与他们的目的正相适宜。

　　当然,在某种程度上,这是环境使然。当时的公众,兴趣所在并非书籍,而是戏剧。那时,城镇小,人与人之间的距离也近,而即便是所谓受过教育的人，也生活在无知之中。这一切无不让伊丽莎白时期的想象中自然充满了狮子和独角兽，公爵和公爵夫人，暴力和神秘。此外，为此推波助澜的，还有某种让我们明显感觉到了，却又一言难尽的东西。他们的生活态度，让他们可以自由而又充分地表达自我。充满困惑和失望的心灵写不出莎士比亚的戏剧。他们是伸缩自如的封套，为他的思想提供了完美的容身之地。他毫不费力地从哲学转到了醉汉们的大打出手，从爱情的歌谣转到了一场争执，从单纯的欢乐转到了深刻的思考。确实如此，伊丽莎白时代的剧作家们，尽管他们或许会让我们厌倦——他们确实让我们厌倦——却从不曾让我们感觉到他们心里有过恐惧或是羞怯，或是有什么东西在妨碍、束缚或压抑着他们，不让他们的思想充分地流动。

但要是翻开一本现代的诗剧，我们的第一个想法就是——现代诗剧大多如此——这位作者并非无拘无束。他心有恐惧，有些强己所难、扭捏不安。还竟然有那么好的理由让我们可以如此惊呼，因为和色诺克拉底，这个穿着托加袍的男人在一起，或是和裹着毯子的女人，尤杜莎在一起，我们中还有谁能无拘无束呢？可是，出于某种原因，现代诗剧写的总是色诺克拉底，而不是鲁滨逊先生；写的是帖撒利，而不是查令十字大街。当伊丽莎白时代的剧作家把场景设定在异国他乡，把王子和公主作为男主角和女主角时，他们只是把场景从一层薄薄的纱幕一侧搬到另一侧而已。这是为他们的人物带来深度和距离的自然举措。而那个国家和英国无异，那位波西米亚王子和英国的王公贵族也并无二致。然而，我们的现代诗剧作家，似乎却是为了不同的理由，诉诸那过去与远方的纱幕。他们自知，若是他们试图把心中辗转的所思所睹，心头起伏的爱恨情仇，在公元 1927 年一五一十地诉诸笔端的话，定会有损诗歌的体面。他们只好结结巴巴、支支吾吾了起来，说不定只能坐下，或是要就此离开房间了。伊丽莎白时代的人们所持的态度给了他们充分的自由。现代的剧作家或是毫无态度可言，或是这态度也勉勉强强，让他束手束脚，看到的东西也歪歪斜斜。他便只好到色诺克拉底们那里去避难，他们要么一言不发，要么说出来的，就是无韵体的诗歌所能说出的那些体面话。

不过，我们能否把自己的意思说得更完整一些？如今和那时，有什么不同，发生了什么，是什么让如今的作家站在了如是的角度上，才不能凭借着英国诗歌的传统渠道来直抒胸臆呢？找一所大城市，在其街巷间走一走，或许就可以找到某种答案。砖砌的长道被割裂开来，变作了一座座房子，每一个房子里都住了不同的人，这人给门上了锁，闩住了窗，以保有些隐私，与人联系，则通过头顶的一根根电线，通过屋顶上源源不断传来的声波，大声地告诉他世界上各处发生的战争、凶杀、罢工与革命。而若是我们走进去和他交谈，我们会发现，他是个谨小慎微、遮遮掩掩、疑心重重的动物，极其忸怩不安、小心翼翼，唯恐把自己暴露出来。的确，现代的生活中，没有什么强迫他要这样做。个人的生活中，并没有暴力存在。见面之时，我们都彬彬有礼、宽宏大度、和蔼可亲。甚至开战的双方也是成群结伙，而非个人。决斗已经销声匿迹。婚姻的纽带则能绵绵相续而不会戛然而止。寻常百姓也比以往更冷静、更文雅、更自制。

不过，若是我们和这样的朋友一起去散散步，就会发现他对一切莫不意兴盎然，无论那是丑陋、污秽、美丽还是惹人发笑的。他的好奇心如此之强，追随着每一个念头，任由着思绪将他带往任何地方。他公然议论那些过去私下里都从不提起的话题。而或许恰是这种自由和好奇，才赋予了他如此显著的特征——就是把看似不相关的事情在心中相连的那种特殊方式。曾经单独出现、孤立发生的各种感觉不复如此了。美之中有丑，趣之中有厌，欢乐之中也有了痛苦。过去完整进入我们心中的种种情感，如今在门槛上就裂成了碎片。

譬如说：一个春天的晚上，月已升空，夜莺在歌唱，低垂的杨柳拂过河面。可与此同时，一位生病的老妪正在一条丑陋的长铁凳上挑拣她的那些油腻腻的破布烂袄。她和春色一同进入他的心中，它们交织起来，却没有互相混杂。这样的两种情感，如此不协调地结合在一起，除了利齿相向，就是拳打脚踢了。但是，在济慈听到夜莺歌唱之时，他心中的感情，却是完整而统一的，尽管它渐生变化，从美的喜悦，变作了对人类不幸命运的哀伤。他并没有进行对照。在他的诗中，哀伤与美，如影随形。在现代人的心中，美却并非与影同行，而是与丑相伴。现代诗人谈到夜莺，说它"对着肮脏的耳朵聒噪不休"。在我们的现代美身旁，轻盈相伴的，是某种讥讽的精灵，对其之美嗤之以鼻。它将镜子翻转过来，让我们看到美的另一侧脸颊，上面坑坑洼洼、完全走了样。似乎现代的心灵，总抱着要将心中的情感一一证实的希望，全然失去了单纯依照事物的本来面目将之接受的能力。毫无疑问，这种怀疑与验证的精神已经让灵魂焕然一新，变得更加活泼起来。现代作品中有一种坦率和诚实，要是这还不足以让人欣喜若狂，至少也大有裨益。现代文学，到了奥斯卡·王尔德和沃尔特·佩特的手里，就变作了活色生香，而当塞缪尔·巴特勒和萧伯纳燃起了他们的羽毛，将嗅盐瓶儿放到了她的鼻子下面，她立刻就从19世纪的慵懒倦怠中打起了精神。她醒来了;她坐了起来;她打了个喷嚏。那些诗人自然就吓跑了。

因为,诗歌当然是站在美的一边,一向如此、不可抵挡。她一向坚持某些权利,譬如合辙押韵、抑扬顿挫以及推敲词句。她从未被用于生活的日常目的。散文则把所有的脏活都扛在肩上,回过信件,付过账单,写过文章,发表过演说,为商人、店家、律师、战士还有农民一一效劳。

诗歌依然在她的祭司手中孤芳自赏。她或许已经自食其果,因为离群索居而变得有些生硬。她盛装而至,什么都带在身上,她的面纱、她的桂冠还有她的记忆和联想,刚一开口就让我们感动。于是,当我们要求诗歌来表达不和谐、不一致,嘲讽、对照、好奇,还有那些在各自的小房间里养成的灵敏、古怪的种种情绪,以及文明所教化的、与她保持着一臂之遥的诸种广泛、普遍的观念之时,她的行动就显得不够迅速、不够利索,或者说,不够包容,也就无法做到了。她的口音太过明显,她的举止太过张扬。与我们要求的正相反,她给我们的,只是热情洋溢、动人的抒情呼喊。她威风地把手一挥,命令我们躲到过去那儿去避难,但她与心灵的步调并不一致,也不曾满怀热情、敏感而迅速地投入到心中的各种苦难与欢乐中去。拜伦在《唐·璜》中指出了道路,他表明了诗歌有可能成为一种多么灵活的工具,却没有人以他为榜样,将他的工具发扬光大。我们仍没有诗剧。

于是,这就让我们反思,诗歌是否还能胜任我们现在要交给她的任务。或许,我们在这儿如此粗粗几笔所勾勒出来并归之于现代心灵的那些情绪,更乐意把自己交给散文而不是诗歌。或许,散文确有可能要来接下——实际上已经接下了——那一度曾由诗歌来履行的部分职责。

那么，若是我们有足够的勇气，不怕别人嘲笑，要去看看我们这些快速前进的人正奔往何方，我们大可以认为，我们正朝着散文走去，只消十或十五年的时间，散文就会被用于先前所未曾用到过的用途。而小说这个食人生番，已经吞下了如此多的艺术形式，到了那时，想必吞下的更多。我们将不得不为这些同样打着小说的名号，实则千差万别的书另造出新的名称来。而这些所谓的小说中，也可能会有一部作品，让我们几乎无从命名。它由散文写成，但这种散文，却有许多诗歌的特征。它会如诗歌那般升华，却更像散文一样平凡。它富有戏剧性，却并非戏剧。它可供阅读，却不宜表演。不过，为它冠以何名倒不是一桩要紧的事。要紧的，是这本从地平线那儿进入我们视野的书，或许可以让目前看来似乎正为诗歌所不容、也同样不受戏剧欢迎的某些情感得以表达，那么，我们不妨一试，和它进一步打打交道，想象一下它的界限和性质究竟是怎样。

首先，我们或许可以想到，跟我们现在所熟悉的小说相比，它的不同主要在于，它会后退一步、离生活更远。它会像诗歌那样，只提供轮廓，而非细节。而小说的特征之一，也就是其记录事实的那种惊人力量，它却几乎弃之不用。有关书中人物的宅邸、收入和职业，它都所言不多；它和社会小说或是环境小说，也几乎没有什么血缘关系。这些局限，并不影响它把人物的思想感情表达得准确而生动，只是换了不同的角度。它所描述的，并非仅仅是人与人之间关系如何、他们的共同活动又如何，这也并非重点所在，虽然小说一直以来便着眼于此、也着力于此，它要描写的，是个人的心灵与普遍的观念之间的关系，以及一个人独处时的内心独白。这

154

是因为，在小说的统治下，我们已经仔细地勘察了心灵的一部分，却也忽略了另外的一部分。以至于忘记了，我们对于玫瑰、夜莺、黎明、日落、生死与命运，凡此种种的感情，恰恰是生活中相当重要的一大部分；也忘记了，我们在睡觉、做梦、思考、阅读和独处上花去了相当多的时间。我们并不是时时刻刻都生活在与他人的关系之中，我们的精力也并非全都用在了养家糊口之上。心理小说家太容易把心理学局限于个人交往之中。有时，我们更渴望能从这种延续不断、连绵不绝的心理分析中解脱出来，不再去理会是坠入了爱河还是挣断了情网，不用去在意汤姆对朱迪斯的感情如何、朱迪斯究竟对汤姆是爱还是不爱。我们渴望看到的，是某种更加非个人的关系。我们渴望的，是思想、梦幻、想象和诗意。

伊丽莎白时代剧作家的光辉荣誉之一，就是将这些交给了我们。那位诗人总可以超越于哈姆雷特和奥菲利娅二人关系的特殊性，他向我们提出的疑问，并非关于他的个人命运，而是关乎全人类的生活状态与现况。就像《一报还一报》中，那成段成段极为微妙的心理描写，就交织着深刻的反思与瑰丽的想象。但值得注意的是，如果说莎士比亚将这种深刻的思想、这种心理刻画交给了我们，那么，与此同时，他并没有试图给我们另外的某些东西。这些剧本，若是当作"应用社会学"来看，毫无用处。若是我们必须借此来一睹伊丽莎白时代的社会经济状况，恐怕我们只能是无望而茫然。

有鉴于此，未来的小说或是小说的变体便将会拥有诗歌的某些特征。它将描写人与自然、与命运的关系，描绘他的想象、他的梦。但也会把生活中的嘲讽、对照、疑问、闭塞与复杂表现出来。它将以那个奇怪的不相协调之物的混合体，也就是现代心灵的模样出现。因此,它将把散文,这种民主的艺术形式的珍贵特权:自由、无畏和灵活,紧紧拥在胸前。因为散文谦下若水,所以无处不至。因为它不嫌任何地方低下、肮脏,或是贫贱,所以亦无处不至。它又有无限耐心,谦卑地渴望着。它不放过任何事实,即使只是最细微的一块碎片,它也可以伸出黏糊糊的长舌头,一口吞下,再把它们融合汇聚,结构成最为精细巧妙的迷宫,然后,悄然无息地聆听每一扇门后传来的声音,尽管那儿只有轻声细语。常用的工具方才灵活,它也得益于此,才能在蜿蜒的曲径中通达无阻,把瞬息的变化一一记下,而现代心灵便是如此。

我们或许还会问,虽然无论事物或普通或复杂,散文都足以胜任——可是,散文能够表达如此众多的简单事物吗?能表达突如其来、让人大吃一惊的感情吗?它能唱出挽歌、赞颂爱情,因恐惧而尖叫,称赞玫瑰、夜莺或是夜色之美吗?它能像诗人一样,一下子便想出绝妙的写作主题吗?我想不能。那是它抛弃了魔法和神秘、抛弃了韵脚和节奏所受的惩罚。诚然,散文作家胆子大,他们常常强迫手中的工具做出尝试。但是,辞藻华丽的散文诗总让我不舒服。不过,反对辞藻华丽,并非因其华丽,而是在于,这些辞藻与周围的文字格格不入。回想一下梅瑞狄斯在《理查德·费瑞弗尔的磨难》中的那段"锡哨子上的消遣",就是个很好的例子。一开头,矫揉造作的诗歌格律便支离破碎、磕磕绊绊地上了场:"金色铺满草地;金色流遍小溪;赤金包裹着松枝。太阳沉落大地,步入田野与河溪。"要么,回想一下夏洛蒂·勃朗特的小说《维莱特》结尾处描写暴风雨的著名段落。这些段落生动流畅、情意盎然、灿烂辉煌。把它们摘录下来、编入文选,读来自然精彩,可放到小说的上下文中,读起来却并不让人舒服。这是因为,梅瑞狄斯和夏洛蒂·勃朗特都自称是小说家,他们与生活紧密地站在一起,他们让我们期待的,是小说的节奏、观察和视角。突然之间,这一切全被他们粗暴地、却又有意地变成了诗歌的节奏、观察和视角。我们感到了这种急促的转折和努力,我们几乎从那种赞许与幻想的恍惚间清醒了过来,而就在刚刚,我们还完全沉醉于作家的想象之中,彻底为之征服。

不过,现在让我们来考虑一下另外一本书,尽管同样是用散文写成,也仍被称为小说,却从一开始,就采取了一种不同的态度、一种不同的节奏,它后退一步、离生活更远,这就让我们期待着一种不同的视角——这就是《特里斯特拉姆·项狄》。这本书充满了诗意,而我们却从未注意到这一点;这本书辞藻极为华丽,却从来不让人感到格格不入。尽管书中的章法一直在变换,却衔接得天衣无缝,丝毫没有任何颠簸来把我们从赞许与信任的沉醉中惊醒。斯特恩大笑、嘲讽、说上几句不够体面的下流话,面不改色,便接上了这么一段话:

> 时光飞逝:从我的每一封信中,都可以看到,生命何等迅速地在我的笔下流逝。生命中的每一天、每一小时——我亲爱的珍妮——都比你戴在脖子上的红宝石还要珍贵,时光从我们的头上飞过,有如浮云掠过,一去不复返了。一切都在奋力前进——而你还在用手指绕弄着那缕头发——瞧!它已渐成灰白。每一次我吻着你的玉手,与你话别,还有随之而至的每一次分离,都不过是在为我们不久便将面对的永别奏响一次又一次的序曲。——愿苍天怜悯我们二人!

第九章

　　现在,不论世人对此惊呼有何看法——我一丁点儿
也不在乎。

　　然后,他就对我的托比叔叔、那位下士、项狄夫人,还有余下的
几个人说出了他的一番惊呼。

　　在这儿,我们看到了诗歌流畅自然地变成了散文,散文又变成
了诗歌。斯特恩站得稍远了一些,伸出手去,轻轻地抓住了想象、
机智和幻想。既然他把手高高地伸向了生长着这些果子的枝叶
间,不用说,自然就心甘情愿地放弃了对生长在地上、个头更大更
笨重的一棵棵蔬菜的权利。这是因为,很不幸,某种程度上的牺牲
似乎在所难免。你不可能手里拿着所有的艺术工具,走过那条狭
窄的艺术之桥。有一些你必须留在身后,否则中途也会将它们丢
入水中,或是更为糟糕,一下子失去了平衡,把自己给淹死了。

　　那么,这样看来,对于这种尚未命名的小说类型,写作之时要
与生活保持一定的距离,因为这样一来,我们就可以拥有广阔的视
野,来看待生活的某些重要特征。这种小说,将会以散文写成,因
为若是将其从背负的重担下解放出来、不再将它当作负重的牲
畜——众多的小说家便是这样,将细节和事实的包袱统统交付于
它——若是如此对待散文,它就会向我们展示出自己的能力,既可
以高高升起、远离地面,虽非直冲云霄,却也如风卷起、盘旋上升,
与此同时,又依然与日常生活中各种展露人性的趣事与癖好紧密
相连。

　　然而,还有一个仍需深思的问题。散文也可以具有戏剧性吗?
自然,在萧伯纳和易卜生的笔下,戏剧性的散文显然大获成功,但

他们一直忠实于戏剧的形式。我可以说,未来的诗剧作家会发现,这种形式并不合乎他的需要。按他的要求来看,散文剧太过死板,处处受到限制,又过于张扬。他想说的东西,有一半都从它的筛网中漏掉了。他想表达的评论、分析和丰富的内容无法全部压缩到对话中去。但他又渴望获得戏剧爆炸性的感情效果,他要让读者热血沸腾,而不只是给他们的聪明才智挠个痒。《特里斯特拉姆·项狄》的松散和自由,围着托比叔叔和特利姆下士这些人转了转,就又流向了别处,并不打算让他们列队成行,站到一起,以便彼此对照,以显戏剧性。因此,就有必要让作者,在写下这本需要为之付出卓绝努力的书时,要用严格而又合乎逻辑的想象力,来处理他那缭乱而矛盾的各种感情。缭乱让人厌恶,混乱招人怨恨,凡是艺术作品,便须事事在握、样样有序。他要为整体付出努力,而不是分散精力。他会着眼于整个的篇章,而不是详述每一个细节。这样一来,他笔下的人物便有了戏剧性的力量,而现代小说中刻画入微的人物,却常常因为心理学上的利益而牺牲了这种力量。那么,尽管这一点还几乎不为所见,尚在遥远的地平线边缘——我却可以想象得出,他的兴趣所在会更为广泛,以便将那些在生活中发挥了巨大作用、却至今未曾被小说家注意的某些影响加以戏剧化——音乐的力量、视觉的刺激、树木的形状或是色泽的变化给我们的影响,人群带给我们的各种情绪,在某些地方或某些人心中失去理性后出现的莫名恐惧和仇恨,运动的快乐、美酒的酣醉。每一个瞬间都是千万种未曾被表达的感觉交相融汇的中心所在。生活总是如此,必定比我们这些试图来表现它的人丰富得多。

其实,无需什么伟大的预言天赋,便可以断定,无论是谁,若要去尝试至今为止所勾勒出的这一切,一定要拿出他的全部勇气。

散文并不会对第一个来到它面前的作家俯首听命,让其学习如何迈出新的一步。不过,若是时代的迹象还有一点价值,那么,新发展的必要便会为人所知。毋庸置疑的是,在英国、法国、美国,还零零星星住着一些作家,他们越来越为身上的束缚而恼火,正在努力为自己赢得自由;他们尽力改变自己的态度,以便可以再一次找到一个从容的位置,可以在重要的事情上倾尽所能。一部作品,若是在这种态度下创作而成,依然可以打动我们,而不再因为它的美或是它的华丽,这时,我们才知道,在它的身体里,已经孕育了可以让它永世流传的种子。

选篇七

贝内特先生和布朗夫人[1]

---

[1] 伍尔夫最初于 1924 年 5 月 18 日在剑桥大学向异端社宣读了这篇文章,当时使
用的题目是"小说的人物"。稍后,以《贝内特先生和布朗夫人》为名,由霍加斯出
版社出版了该篇的单行本,后收入伍尔夫散文集《船长临终时》。

看起来,我也许是这间屋子里唯一一个写过小说、想要写小说,或者说,没写成小说的傻瓜,不过,或许这正合我意。我问自己——因为你们要我来谈一谈现代小说,所以我不得不问一问自己——是什么魔鬼在我耳边煽风点火,催我走上这条死路,话音刚落,一个小小的人影儿就蹦了出来,站到了我的面前——或者是个男人,或者是个女人,对我说,"我姓布朗。能抓到我,就来吧。"

　　大多数小说家都有类似的经历。某位布朗、史密斯,或是琼斯,跑到他们跟前来,对他们说:"能抓到我,就来吧。"说得那么妩媚诱人,让他们鬼迷了心窍,在书卷中神魂颠倒,把一生之中的大好时光都献给了这场逐猎,却往往换不来什么钱财。鲜有人抓得到这个魅影,大多数只是对着她的一片衣角、一缕秀发,不得不心满意足。

　　我相信,男人和女人写小说,是因为他们受了诱惑,要把那个占据了他们心头的人物创造出来,阿诺德·贝内特先生也是。我要引用的这一篇文章里,阿诺德先生这样说:"所谓好的小说,其根本并不在别处,只在于人物塑造……风格很重要,情节和新颖的见解也重要。但和令人信服的人物相比,这些便都微不足道了。如果人物真实可信,小说就有了希望;如若不然,小说就会渐渐为人遗忘……"接着,他便下了结论,认为眼下并没有一流的年轻小说家,因为他们还不能创造出真实可靠、令人信服的人物来。

这些就是今晚我想要大胆讨论而不去小心论证的问题。我想要弄清楚,在我们谈到小说中的"人物"时,我们是在说些什么。然后谈一谈贝内特先生所说的真实,还要解释一下,为何年轻小说家无法成功地塑造人物,如果,确如贝内特先生所断言,他们并不成功的话。我很清楚,这会让我的一些结论过于轻描淡写、一些又过于含糊其辞。因为,这是一个棘手的难题。想一想,我们对于人物是多么无知——想一想我们对艺术又是多么无知。不过,为了明白起见,在开始之前,我建议把爱德华时代和乔治时代的作家分作两个阵营。我要把威尔斯先生、贝内特先生和高尔思华绥先生称为爱德华时代的作家;而把福斯特先生、劳伦斯先生、斯特雷奇先生和艾略特先生称为乔治时代的作家。还有,如果言语间,我那自高自大的第一人称令人生厌,还要请你们原谅。我并不想把个人的看法,说成是公论,何况我一向离群索居,难免孤陋寡闻、误入歧途。

我的第一个结论,想必你们也会同意——在座的每一位都是评论人物的行家。真的,一个人若是不懂得揣测人情,对于这门艺术不能略通一二,一年到头,难免生祸端。我们的婚姻、友谊全赖于此,我们的生意大部分也须仰仗于此,日常生活中的许多问题也只能借此来解决。然后,我要大胆说出第二个结论,或许这会引来更多的争议,那就是,在 1910 年 12 月,或在此前后,人性变了。

我并不是在说,这就好像,我们走出家门,在花园中,看到了一枝绽放的玫瑰,或是母鸡下了个蛋。我所说的变化,并不是这样的突如其来、确定无疑。然而,的确是发生了变化。而既然主观臆断,总是在所难免,我们不妨认为变化就发生在 1910 年左右。这在塞缪尔·巴特勒的书中就已初见端倪,尤其是那本《众生之路》;而萧伯纳的戏剧则继续记述着这番变化。生活中,我们也能看出这种变化,举个普通的例子,就拿家中的厨师来说吧。维多利亚时代的厨师就像生活在深水中的庞然大物,听不到他说话、看不清他的面目、不知道他在想些什么,让人不觉心中害怕;而乔治时代的厨师,则呼吸着新鲜的空气、沐浴着阳光。在客厅里进进出出,一会儿来借一份《每日先驱报》,一会儿来问问人们对他的帽子有什么看法。还要听听更为严肃的例子,来看看人类变化的本领有多强吗?那就去读读《阿伽门农》吧,看看随着时光的流逝,你的同情心是否全都跑到了克吕泰墨斯特拉一边。要么,想想卡莱尔夫妇的婚姻生活,谁不惋惜他和她那虚掷了的光阴、埋没了的才华,想想这可怕的家庭传统,竟让一位天才女子把时间都花在了捉虫洗碗,而不是写作上。人与人之间的一切关系都变了——主仆、夫妻、父母与子女。而人与人之间的关系一旦发生了变化,信仰、行为、政治和文学便也随之而改变。就让我们暂且认为,这其中的一种变化就发生在 1910年左右。

我刚才说过,谁要是想平平安安地过上一年,那就一定要学好洞察人情的本领才行。不过,这是年轻人的艺术。这门艺术到了中年人或是老年人的手中,大多只是借来一用,目的却在别处,而诸如对友情之类,真正触及到人物性情这门艺术本身的种种探险或尝试,却乏人问津。而小说家不同常人之处,就在于,即使在实现了他们的目的之后,即使因此对人物形象已烂熟于心,他们也并不会就此失去对人物的兴趣。他们向前又迈进了一步,因为他们发现人物本身就有一种魅力,永远引人入胜。在他们看来,纵然是将生活中的一切事务一一抛开,人物身上似乎还是存在着什么至关重要的东西,虽然这与他们的幸福、舒适或是收入毫无关系。他们一心研究人物,他们为人物着了迷。而对此,我却觉得难以理解:小说家们所谈论的人物,到底意味着什么,又是怎样的冲动,时常有力地激励着他们将自己的观点诉诸笔端。

因此,要是你们允许的话,与其做一番分析、抽象地加以讨论,我更想给大家讲一个小故事,虽然听起来有些不着边际,好在是件真事,那是我从里士满往滑铁卢去的路上所经历的一段见闻,希望借此可以向大家表明,我所说的人物,究竟意味着什么,也希望你们可以意识到人物所能展现的诸多方面以及当你试图用言语来描述它时,所要面临的可怕危险。

那是几周前的一个晚上,我差一点误了火车,匆忙跳上了最近的一节车厢,刚坐下就觉得有种奇怪、不安的感觉,好像我打断了先坐在那里的两人的谈话。倒不是因为他们是年轻、幸福的一对儿,正相反,他们都上了年纪,女人已经年逾六十,男人也有四十好几了。他们面对面坐着,男人涨红了脸,从他的姿势上看,想必一直是探着身子、正说得起劲,现在往后一靠,闭上了嘴,准是被我打了岔,正在气头上。而那位老太太,我打算叫她布朗夫人,看上去,反倒是松了口气。她是那种衣服干净得要命、又破得要死的老太太,这种一丝不苟——扣子扣好、带子系紧、该束的地方束好、该缝补的地方缝补过、该洗刷的地方洗刷干净——让人看到的,是比破衣服和污垢还要艰辛的贫穷。她在为什么而痛苦——在她的脸上有一种忍受折磨、忧心忡忡的表情,对了,除此之外,她还格外瘦小。她的双脚,穿着干净的小靴子,几乎踩不到地板。我总觉得,她无依无靠,什么都得自己拿主意,恐怕多年以前就做了弃妇或是遗孀,含辛茹苦把独生子抚养成人,谁曾想,这个孩子长大后却又学坏了,不过,也可能并非如此。这一切在我落座的那一刻从我脑海中一闪而过,和大多数人一样,我也有这个毛病,不把同行人的底细摸个一清二楚,心里怎么都不舒服。于是,我开始打量那个男人。我敢说,他和布朗夫人非亲非故,他个头大得多、也更结实,却没什么教养。我猜他是个生意人,多半是北方的谷商,十分体面,一身上好的蓝哔叽外衣,带着一把折叠刀和丝手帕,还有一个鼓鼓囊囊的皮包。不过,显然他和布朗太太之间,还有一桩不愉快的生意要谈,一个秘密,或许是什么见不得人的勾当,自然不便当着我的面来谈。

"没错,克劳夫特家可真倒霉,就没雇到过好佣人,"史密斯先生(我且这么叫他)若有所思地说,看来是旧话重提,以免尴尬。

"唉,可怜的人,"布朗夫人这么说,多少有了点优越感,"我奶奶有个佣人,从她十五岁起就在我家,一直待到了八十岁。"(说这话的时候,她似乎有些伤心,不过语气中也有些挑衅似的骄傲,像是要为引起我们两个的注意)。

"现在可碰不上这种事儿了。"史密斯先生附和着。

然后两人都沉默了。

"真奇怪,他们干吗不在那儿开一家高尔夫俱乐部——我还以为会有哪个小伙子打算这么做呢。"史密斯先生又开了口,沉默显然让他觉得不自在。

布朗夫人懒得接下话茬。

"看看他们把这儿变成了什么。"史密斯先生往窗外看去,一边说一边偷偷地打量着我。

从布朗夫人的沉默,从史密斯先生语气中那种不自在的殷勤,显然可以看出,他的手上揪着布朗夫人的什么短处,现在正令人可恶地利用这一点。或许是她儿子的堕落,或许是她的、或是她女儿的什么辛酸往事。说不定她是要去伦敦,签署什么文件,将财产拱手相让,落到史密斯先生手上,她显然是身不由己。就在我对她心生同情之际,她突然没头没脑地冒出一句话来:

"你能告诉我,要是一株橡树的叶子被毛毛虫接连吃了两年,还能活吗?"

她咬字清楚、用词精确,用了一种文雅、好奇的口吻。

史密斯先生吓了一跳,不过,这总算给了他一个无关紧要的话题,让他松了口气。他一口气说了一大堆昆虫的害处。他告诉布朗夫人,说他有个哥哥在肯特郡经营果园。他告诉她,肯特郡的农民每年都种些什么水果,等等,等等。说着说着,发生了一件怪事。布朗夫人掏出她的白色小手帕,轻轻抹了抹眼角。她哭了。不过,还是相当平静地在听,而他,仍是侃侃而谈,只是嗓门大了些,添了些怒气,就好像在此之前他也经常见她落泪一样,就好像这已经成了一个令人痛苦的习惯。他终于忍无可忍,突然停了下来,看了看窗外,接着便朝布朗夫人探出身去,就像我刚上车时那个样子,一副恶狠狠、恐吓人的样子,就好像半句废话也受不了了:

"我们刚才说的那事,不会再变卦了吧?乔治星期二会到吧?"

"我们不会迟到的。"布朗夫人挺直了腰板,极具尊严地答道。

史密斯先生一句话也没说,起身,扣上了大衣,取下皮包,还没等车在克拉珀姆站停稳就跳上了站台。他如愿以偿了,但自知理

167

亏,巴不得赶紧躲开老太太的目光。

就只剩下了我和布朗夫人。她坐在我对面,自己的那个角落里,那么整洁、那么瘦小,又那么古怪,承受着莫大的苦痛。她给人留下的印象足以压倒一切。就像一阵穿堂风、一股烧焦的味道扑面而来。这种印象缘何而来呢——这种压倒一切的独特印象?这样的时刻,成千上万个互不相干、不相协调的念头一同涌入人们的心头。我们看到了那个人,看到了布朗夫人,出现在各种不同场景的中心。我想象着,她待在海边的一间房子里,身边放着些稀奇古怪的饰品:海胆、装着船只模型的玻璃瓶子。壁炉台上放着她丈夫的奖章。她不时从房间里进进出出,一会儿坐在椅子的边儿上,一会儿用碟子吃些东西,一会儿又长久地凝神不语。那些毛毛虫和橡树似乎预示了这一切。然后,史密斯先生闯了进来,打破了这个奇妙的小天地。那天狂风四起,就这么说吧,我看到他像狂风一样呼啸着闯了进来。所到之处,乒乓作响。雨水从他的伞上流淌下来,在大厅里积成了湖泊。他们关起门来密谈。

然后,可怕的真相摆在了布朗夫人的面前。她做了英勇的决定。一大早,天还没亮,她就装好了箱子,自己提去了车站,连碰也不让史密斯先生碰一下。她的自尊心受了伤,起锚离开了自己的停泊之处。她来自体面人家,家里还雇过佣人——不过细节可以稍后再说。重要的是,要理解她的性格脾气,要让自己能与她感同身受。我来不及解释为什么会觉得悲从中来,虽有几分豪情,却又有几分荒诞、匪夷所思,因为火车停了,我看着她拿上行李,消失在巨大而又灯火通明的车站。她看上去如此弱小、如此顽强,既脆弱、又悲壮。我从此再也不曾见到过她,也无从得知她后来怎样了。

故事就这样莫名其妙地结束了。不过,我告诉大家这则见闻,并非为了炫耀自己的别出心裁,也不是要让大家知道,从里士满到滑铁卢,这一路上是多么有趣。我想让大家看到的,是这样一点。在这个故事里,有这样一个人物,她给另外一个人留下了深刻的印象。布朗夫人就是这样,让人差点情不自禁地写了一部有关她的小说。我相信,所有的小说都是从一位坐在对面角落里的老太太写起的。这就是说,我相信,所有的小说都关乎人物,并且,正是为了表现人物——而不是为了说教、歌颂,不是为了赞颂大英帝国的荣耀。小说,是如此笨拙、冗长、平淡无奇,又是如此丰富、灵活、生动活泼的艺术形式,才会发展至今。我是说,小说要表现人物,不过,你们肯定立刻就会想到,对于这句话的解释,可以是多么宽泛。比方说,老布朗夫人会给你留下何种印象,这也要看你成长的年代、出生的国家。火车上的这段插曲,很容易就可以写出三种不同的版本来,英国式的、法国式的,还有俄国式的。英国作家会将这位老太太塑造成一个"人物",他会描写她的怪癖和习惯,衣服上的扣子、脸上的褶子,哪里系着缎带、哪儿长着瘊子。书里满是她的个性。一位法国作家,则会把这一切全部抹去,他会牺牲布朗夫人个人,去表达更为普遍的人性,以创造一个更为抽象、匀称、和谐的整体。而俄国人会穿透血肉,揭示出灵魂来——唯有灵魂,独自游荡在滑铁卢大街,向人生发问,一直到我们掩卷而去,这些无比重要的问题还在我们耳畔久久地回响。此外,除却时代和国家,作家的性情也要考虑在内。你看到了人物的这一面,我看到的却是另一面。你说就是此意,我却认为别有他意。一旦动笔,又都各有主张、各做取舍。所以,就因为时代、国家和作者的性情各不相同,如何对待布朗夫人,也就有了千差万别的方法。

但现在,我必须回顾一下阿诺德·贝内特先生的说法。他说,只有人物真实可信，小说才能幸存。否则的话，必死无疑。可是，我问自己，什么才是真实呢？真实与否，又由谁来说了算呢？同样的人物，在贝内特先生看来，或许真实可信，在我眼中，却未必如此。就拿《夏洛克·福尔摩斯》中的华生大夫来说，贝内特先生在文章中认为这是个栩栩如生的人物，但在我看来，华生大夫就是绣花枕头、草包一个，既愚蠢又可笑。一个人物是这样，换一个也是这样，一本书如此，另一本书也如此，这样的情况屡见不鲜。人物的真实与否，总是众说纷纭，尤其是现代小说里的人物，恐怕分歧之大，再没有什么能比得上了。不过，若是从广义上来说，我想，贝内特先生的话倒是绝对正确。也就是说，若是想一想那些在你们心目中称得上名著的小说——《战争与和平》《名利场》《特里斯特拉姆·项狄》《包法利夫人》《傲慢与偏见》《卡斯特桥市长》《维莱特》——若是你们想到的是这些小说，那的确是会立刻想到某个对你们来说，如此真实（我这么说，倒不是指接近生活）的人物，不仅让你们想到了这个人，透过他的眼光，还看到了万事万物——宗教、爱、战争、和平、家庭中的生活、乡镇上的舞会、夕阳西下、皓月当空，以及灵魂的不朽。在我看来，一部《战争与和平》几乎包罗万象，对于人类生活的描述差不多面面俱到。在所有这些作品中，伟大的作家无不是借助笔下的某个人物，引领我们见识了那个他们希望我们见到的世界。否则的话，他们便不称其为小说家，而是诗人、历史学家，或是宣传手册的作者了。

不过，现在还是让我们来研究一下贝内特先生接下来所说的话吧——他说乔治时代的作家中没有伟大的小说家，因为他们还不能创造出真实可靠、令人信服的人物来。这一点我却不能苟同。因为各种理由也好、借口也好、可能性也好，都让我以为，事情并非如此。至少，在我看来并非如此，但我也充分意识到，对此我可能抱有偏见、盲目乐观或是目光短浅，我会把自己的观点公之于众，希望你们可以让它不偏不倚、合情合理、兼收并蓄。那么，如今的小说家要写出不仅在贝内特先生看来、也在世人看来真实的人物，为何如此困难呢？为何十月已至，出版商还是不能给我们提供一部杰作呢？

毫无疑问，这其中的一个原因就是，那些在 1910 年前后开始写作的男女都面临着一个巨大的困难——没有任何在世的英国小说家可供他们学习借鉴。康拉德是波兰人，这就和我们有了差别，尽管也让人钦佩，却并没有太大的帮助。哈代先生从 1895 年起就没再写过小说。要说 1910 年时最为杰出和成功的小说家，我想，就是威尔斯先生、贝内特先生和高尔思华绥先生了。但在我看来，要去他们那里、请他们来教大家如何写小说——如何塑造真实的人物——无异于去找鞋匠来教大家造钟表。请大家不要误以为我不喜欢他们的书，对他们缺少敬意。对我而言，这些书很有价值，也确有必要。在有些季节，鞋子是比手表重要。不去打比方，我想说的，是在维多利亚时代的创作活动结束之后，应当有人去写威尔斯先生、贝内特先生和高尔思华绥先生所写下的那种小说，这是十分必要的，不仅为文学，也为生活。可这些小说多怪啊！有时都让我怀疑，该不该还称之为小说。因为这些小说并不令人满意，总让人觉得奇怪，觉得还缺了点什么。而为了使之完整，似乎必要做些什么——去参加个什么团体，再不得已，就去开张支票。完事之后，心中的不安才能平息，小说也算圆满了，可以束之高阁，从此不必再去翻阅了。但另一类小说家的作品就并非如此。《特里斯特拉姆·项狄》或是《傲慢与偏见》本来便是完整的。小说已经圆满，不会再让人起心动念要去做些什么,除了一读再读,以求理解得更为透彻。不同之处,或许就在于,斯特恩和简·奥斯汀的兴趣只在事物本身,他们关注的是人物和小说本身,所以一切都在作品之内,无需向外寻求。然而,爱德华时代的作家却从不在意人物怎样,对小说本身向来也无兴趣。他们的兴趣在于人物和小说之外的某处。所以,他们的小说,作为小说而言,并不完整,还需要读者积极主动地用实际行动自己把它完成。

如果我们大胆地设想一下,就在那节火车箱里,他们几个碰了面——威尔斯先生、高尔思华绥先生、贝内特先生正和布朗夫人一同坐在火车上,前往滑铁卢,或许能把这个问题说清楚。我说过,布朗夫人衣着寒酸、身材瘦小,一副愁眉苦脸的样子。我怀疑,她是否能称得上你们所谓的有教养的妇女。威尔斯先生好奇地看了一眼,瞬间便将眼前一切拜我们不如意的基础教育所赐的症状都看在了眼底,恕我无能为力,无法形容这一瞬间有多快,而立刻,威尔斯先生的视线便转向了窗玻璃,在那儿勾勒出了一幅更为美好、轻松、愉快、幸福,人人都有冒险精神、英雄气概的世界蓝图,一个没有霉迹斑斑的火车箱、古板迂腐的老太太存在的世界;那里每早八点,就有神奇的驳船,将热带水果运来坎伯韦尔;那里有公共托儿所、喷泉、图书馆、餐厅、客厅,还有一对对新人;那里人人慷慨大方,坦诚相待,器宇轩昂,正像威尔斯先生本人。但在他们身上,却看不到一丝布朗夫人的影子。乌托邦里没有布朗夫人。是啊,我想,满腔热情的威尔斯先生,准会把她应该是个什么样子描述得淋漓尽致,但是,对于她实际上是个什么样子,却连想都懒得去想。高尔思华绥先生又看到了什么呢?还用问,准是道尔顿工厂的高墙引起了他的注意。那儿的女工每天要造出三百个陶罐来。哩尾街上,这些女工的老母亲还指望着她们赚来的那几文钱。但与此同时,萨里的老板们正抽着香醇的雪茄,听着夜莺歌唱。高尔思华绥先生怒火中烧,这类见闻他已经看够了,在忙着谴责文明的他看来,布朗夫人不过是转盘上的一个破碎的罐子,被人丢进了角落。

爱德华时代的作家中,只有贝内特先生一个人的目光,仍留在了这节车厢里。是啊,他如此细心,一个细节都不会放过。车厢里的广告,斯旺内奇和朴茨茅斯的招贴画,椅垫在扣子之间如何鼓起,布朗夫人胸前那枚从惠特沃斯集市上花了三先令十便士新买来的胸针又是如何别在胸前的。她两只手套都曾缝补过,甚至连左手手套的拇指是换过了的,都被贝内特先生看在了眼里。然后,贝内特先生便打开了话匣子,不厌其烦地为我们解释,这本是趟从温莎开来的直达车,之所以会在里士满停下,是为了方便住在那里的中产阶级,他们买得起戏票,但还没挤进上流社会,不像那些有钱人,可以买得起汽车,不过,话又说回来,有时(贝内特先生会告诉我们究竟是何时)他们倒是会从某家公司(他也会告诉我们究竟是哪一家)租一辆车来。就这样,不知不觉间,贝内特先生绕了一大圈,才渐渐转向了布朗夫人,他接下来便要说,她是如何获得了一纸地契,拥有了达切特的一块地产,虽然只是公租,而非私有,又说她如何将这块土地抵押给了邦盖律师——不过,我何必要去为贝内特先生擅做主张呢?贝内特先生自己不就是写小说的吗?我要看看这偶然放在我面前的第一本书——《希尔达·莱斯威斯》,看看他是如何尽到小说家的责任,能让我们以为,希尔达是真实可信的。她轻轻关上了门,一副小心谨慎的样子,可以看出,她和母亲之间多少有些不自然。她爱读《毛黛》,想必天生便是个敏感多情的人。到此为止,一切都好,贝内特先生从容不迫、稳稳当当地写下了开头几页，每一笔都必不可少，好让我们明白，希尔达是个怎样的姑娘。

可接下来，他并没有去写希尔达·莱斯威斯，却写起了她卧室窗外的景色，因为收房租的斯克伦先生正从那条路上走来。贝内特先生接着写道：

> 她的身后，就是特恩丘的辖区。这里，是五镇区的最北端，从此往南，便是整个烟雾弥漫的五镇。越过查特里森林，运河蜿蜒曲折，流过柴郡洁净的平原，流入大海。河岸上，正对着希尔达的窗子，有一间磨房，有时，那里冒出的浓烟，跟左右两侧挡住了视线的砖窑和烟囱比，一点儿也不少。一条砖砌的小路，就从那儿，穿过长长的一排新建住宅，将它们和住宅前的花园一分为二，一直通向了莱斯威斯大街，正好从莱斯威斯太太的房前经过。斯克伦先生就住在这条小路的一头，新宅子里最远的一间。

一句真知灼见足以胜过所有这些描述，不过，姑且把这些都当作小说家免不了的废话吧。现在让我们看一看——希尔达在哪里？天哪，希尔达还在窗前眺望。尽管她是个热烈、不安分的姑娘，对于房子，她却颇具眼光。她常常拿这位上了年纪的斯克伦先生，跟她从卧室的窗外所看到的那些住宅相比。这就有必要把那些住宅也交代一番。贝内特先生接着写道：

> 那一排房子被称为私家宅邸：这个名字，大有夸耀之意，因为这一区的土地大多都是公租，要想转手，必须先交"税金"，再由封地领主的委托人主持"庭议"，予以批准才能转让。而大部分的宅子，都归住户自己所有，他们个

个都对脚下的土地，拥有无上的权利，他们就站在落满煤灰的花园里，站在随风舞动、快要晾干的衣服、手巾间，为着一些鸡毛蒜皮的小事瞎操心，如此打发黄昏。私家宅邸象征了维多利亚经济最后的胜利，是手工业者谨慎勤劳的结晶。正像是一位建筑协会会长梦中的仙境。这确实算得上了不起的成就。然而希尔达并不买账，无由地看不上这里。

谢天谢地，我们不禁叫出了声！终于绕到希尔达本人这儿来了。不过，别高兴得太早。希尔达或许是这样、那样，或别的什么样子的。但是，她不单单是看着房子，心里也想着房子，她还住在一间房子里。那么，希尔达住的这间房子又是什么样子的呢？贝内特先生接着说：

她的爷爷，就是老莱斯威斯，那个壶具制造商，盖起了这四栋相邻的大房子，希尔达就住在中间两栋中的一栋里，那是主楼，显然住着这排建筑的所有者。一侧角落的房子里，开了一家杂货店，房前的花园，比正常小了不少，这样一来，主楼的花园才可以比其他楼前的花园大上一些。这些大房子可不是平房，每年的租金都要二十六磅到三十六磅，这可不是手工业者能付得起的，也不用说那些卖保险或是收租的。再加上，房子盖得也好，又不惜工本，虽然打了折扣，从其建筑风格中，仍隐约看得到乔治王朝时代的那份安逸。在镇上的新住宅区里，这是公认的最好的一排房子。斯克伦先生从私家宅邸来到这儿，显然是来到了一个更高档、更宽敞，也更自由的地方。

突然，希尔达听到了母亲的声音……

　　然而，我们却没听到她母亲的声音，也没听到希尔达的声音，只听见了贝内特先生一个人的声音，在对我们说，什么"租金""私有"，什么"公租""税金"。贝内特先生这是要做什么？我对贝内特先生要做的事情，早有了自己的看法——他是要我们替他去想象；他是要将我们催眠，好让我们相信，因为他盖起了房子，里面就必定有人在住。贝内特先生尽管目光敏锐、慈悲为怀，却从未看过角落里的布朗夫人一眼。她就坐在车厢的那个角落里——火车正在前行，却并非从里士满开往滑铁卢，而是从英国文学的一个时代，驶向下一个时代，因为布朗夫人是永恒的，布朗夫人就是人性，布朗夫人的变化只在表面上，是小说家们在火车上上上下下——她就坐在那儿，却没有一个爱德华时代的小说家看过她一眼。他们使劲儿盯着窗外，满怀同情地看着林立的厂房，看到了子虚乌有的乌托邦，甚至连车厢内的装饰陈设，无不看了个仔细，却从不去看她，从不去看生活，从不去看人性。他们就是这样，练就了写小说的本领，找到了一种适合他们目的的写作技巧。他们造好了工具，树起了传统，成就了他们的事业。可他们的工具并不是我们的工具，他们的事业也并非我们的事业。对我们来说，那些传统就是毁灭，那些工具就是死亡。

　　你们大可以抱怨我说的话太过笼统。你们或许会问，什么叫做传统、工具，你说贝内特先生、威尔斯先生和高尔思华绥先生的那一套并不适合乔治时代的小说家，又是什么意思？这个问题很难回答，我试试用个简单的方法来说说看。写作的传统，和待人接物的习俗，其实相差不大。无论是在生活中，还是在文学里，都必须有某种方法,可以在女主人和她的陌生来客之间,在作家和他的陌生读者之间架起一座桥梁。女主人想到了天气,因为世世代代的女主人让我们深信不疑:说起天气来,人人都有兴趣。她上来就说,这个五月,天气糟糕透了,这样便和她的那位陌生客人搭上了话,慢慢地就聊起了更有趣的事情。文学也是这样。作家为了和读者搭上话,就要从那些读者熟悉的事情说起,读者有兴趣才能激发他的想象,让他也乐于合作,愿意去克服困难,建立起亲密的关系。而最重要的,就是前往这样一个场合的道路,应当通行无阻,即便闭上双眼、一片漆黑、单凭本能,也可以顺利到达。在我引述的段落中,贝内特先生就利用了这样一个场合。他面前的问题,是要让我们相信希尔达·莱斯威斯真实可靠。因此,作为一个爱德华时代的小说家,他便一五一十、原原本本地从希尔达所住的房子,还有她从窗外看到的那些房子写起。因为,在爱德华时代的人们看来,房产就是那个可以用来套近乎的共同话题。在我们看来,似乎是绕了圈子,但这种传统也曾行之有效,成千上万个希尔达·莱斯威斯就是通过这种方式来到了人世。对于那个时代、那一代人来说,这曾是个好法子。

现在,如果你们允许的话,我要把自己的那段见闻撕个七零八碎,你们就会清楚地看到,对于传统的缺乏,我感受至深。而拿着上一代人留下的工具,却发现根本派不上用场,这个问题又是多么严重。火车上的那段小插曲,给我的印象极为深刻。可我要如何才能把这种印象传达给你们呢?我所能做的,不过是尽可能准确地把他们说了些什么转述清楚,对他们穿了些什么描绘一番,而一时间纷至沓来、涌入心中的种种情形,因为力不从心,勉强说出,难免语无伦次,结果,这活泼泼的、扑面而来的强烈印象,就成了我所说的那个比方,一阵穿堂风、一股烧焦的味道。老实说,写上一部三卷本的小说,关于那位老夫人的儿子,如何漂洋过海、横渡大西洋,还有老夫人的女儿,在威斯敏斯特如何经营女帽店,以及史密斯本人的往事和他在谢菲尔德的房子,也引起了我强烈的兴趣,虽然这种故事,在我看来,不过是世界上最乏味、最无聊的胡言乱语罢了。

可我要真这样写了,就不用大费周折来说明我的用意了。为了表达我的意思,我本该回溯再回溯;试试这个效果好不好,试试那个效果怎样;试试这个句子,再试试那个句子,每一个词都务必准确贴切,足以表达我心中的一切,而同时,我也知道,总得为我们找一个共同的话题、一个传统的方式,以免让你们觉得过于古怪、不够真实、牵强得难以置信。我承认,我逃避了这个艰巨的任务。我让我的布朗夫人从我的指缝中溜走了。关于她,我什么都没能告诉你们。但这多少要怪爱德华时代的大作家。我向他们请教——他们比我年长,又比我高明——我该如何动笔来描写这位女士的性格呢?他们就告诉我:"先要从她父亲在哈罗盖特开的那家商店写起。弄清楚租金多少。弄清楚1878年那会儿,店员的工资是多少。还要知道她的母亲是怎么死的。描述一下癌症。描述一下白棉布。描述一下……"这让我大叫了起来:"够了!够了!"很遗憾,我把那个又难看、又难用、处处碍手碍脚的工具给扔到窗外去了,因为我知道,一旦去描写什么癌症、什么白棉布,我的布朗夫人,这个让我不知该如何向你们描述,却又令我如此难忘的形象,一下子就黯淡了、不再鲜明生动,以至于从我的脑海中跑得无影无踪了。

我说爱德华时代的工具已经不再适合我们,就是这个意思。

他们在事物之间的关系上投入了巨大的精力。他们为我们造好了一间房子，就指望着我们由此可以猜到，里面住了怎样的人物。平心而论，他们笔下的房子确实值得一住。但要是你们认为，小说是以人为主，其次才轮得到他们住的房子，那么，这样下笔，就不对了。这样看来，乔治时代的小说家一开始，就非把手头现有的方法丢在一边不可。只剩下他一个人，独自面对着布朗夫人，没有任何方法，把她介绍给读者。不过，这样说并不准确。作家从来都不会独自一人。公众总是与他在一起——即使没坐在一起，也就在隔壁的那节车厢里。说起来，公众是些奇怪的旅伴。英国的公众是一群温顺、听话的人，一旦引起了他们的兴趣，便什么都听得进去，好多年后仍会坚信不移。只要你信心十足，就算你告诉他们："女人都长尾巴，男人都是驼背。"他们也慢慢地就真能在女人身上看见尾巴，在男人身后看见驼背，而要是再听见你说什么"胡说八道。猴子才长尾巴，骆驼才是驼背。男人女人长的是脑子和心脏，他们能思考、有感情。"——那他们准会觉得这种说法真要命、太不得体，只是个烂笑话、不成体统。

还是言归正传。就在这位小说家身旁，这边坐着英国的公众，他们声势浩大、众口一词："老太太们有房子。她们有父亲。她们有收入。她们有佣人。她们有热水袋。看到这些，我们就知道这是一位老太太了。威尔斯先生、贝内特先生和高尔斯华绥先生一向告诉我们，这就是认出她们的办法。可现在，你的这位布朗夫人——要我们怎么才能信任她呢？就连她的房产是叫做阿尔伯特还是巴尔莫拉尔我们都还不知道；连她花了多少钱买的手套，她妈妈究竟是死于癌症还是肺结核，我们也还不知道。她怎么可能是真实存在的呢？不，她不过是你凭空捏造出来的一个人物而已。"

而老太太，就应该来自私有住宅和公租土地，而不是来自什么想象力。

　　这样一来，乔治时代的小说家就处在了一种尴尬的境地。那边坐着的布朗夫人抗议了，说她并非如此，她和这些人口口声声所说的样子大相径庭，她让小说家看到了她的魅力，虽然只是惊鸿一瞥，也让他为之神魂颠倒，就要上前搭救。这边，爱德华时代的小说家们递上了工具，对于盖房子拆房子倒是再合适不过；那边，英国的公众郑重其事地宣称，非得先看看热水袋不可。而此刻，火车正呼啸着驶向终点，到了地方，我们就都得下车了。

　　我想，这就是1910年左右，乔治时代的年轻作家们陷入的困境。他们中的许多人——我是指福斯特先生和劳伦斯先生——在其创作早期，都未能写出好的作品，这是因为，他们没把那些工具扔掉，还想拿来一用。他们还想着妥协。直觉让他们抓住了一些人的奇特之处和意义，他们却要将之与高尔斯华绥先生对《工厂法》的了解，还有贝内特先生对五镇的认识结合在一起。他们付出了努力，可是布朗夫人和她的个性给他们留下的印象太强烈、太深刻，他们不能一再白费力气，必须有所成效才行。即使搭上性命、伤及血肉、损失财物，也要在火车到站、布朗夫人永远消失之前，救她出来，让她跃然纸上，将她的真实形象公之于众。于是，打、砸、拆、毁开始了。于是，在我们的周围，在诗歌、小说和传记中，甚至在报刊文章和随笔中，四处响起了断裂、倒塌、破碎和毁坏的声音。这是乔治时代最常听到的声音——却是如此哀伤，若是你们想一想过去那些悦耳动听的时光，想起莎士比亚、弥尔顿和济慈，哪怕是想起了简·奥斯汀、萨克雷和狄更斯。若是你们想到语言，想到它自由之时，可以直上云霄，在何等的高处翱翔，再看看这同一只雄鹰，如今一朝被囚，羽毛尽失，只能用嘶哑的嗓音艾艾悲鸣。

有鉴于此——这些耳朵里的声音，心中的想象——我并不打算否认，贝内特先生的抱怨确有几分道理，他说，乔治时代的小说还不能让我们相信，书中的人物真实可靠。我不得不承认，他们不如维多利亚时代的作家，每个秋天都能稳定地献上三部不朽的杰作。不过，我并没有因此悲观失望，而是满怀着信心与期待。这是因为，在我看来，每当一种传统因为老掉了牙，又跟不上新情况，再也不能连接作家与读者，反倒成了妨碍沟通的绊脚石，这种情况便必不可免。目前，我们所经历的痛苦，并非是因为分崩离析，而是因为，在作家和读者之间，尚未找到一种恰当的方式，好在一阵寒暄之后，进入令人更加兴奋不已的友好交流。当代的文学传统过于矫揉造作——你非得谈谈天气不可，而整个会面，由始至终也只有天气可谈——这样一来，自然连弱者都免不了愤怒，强者更是要去摧毁文学世界的根基和法则。种种迹象随处可见。语法被破坏了，句法变得支离破碎，就好像一个小男孩，去姨妈家过周末，实在受不了安息日久久不散的严肃气氛，便在开满天竺葵的花园里，绝望地满地打滚，以示抗议。年长些的小说家，当然不会这样由着性子胡闹。他们万分真诚，勇气十足，只是他们不知道该用什么才好，是用叉子，还是自己的手指。所以，若是你们翻开乔伊斯先生和艾略特先生的作品，准会为前者的猥亵和后者的晦涩而大吃一惊。乔伊斯先生在《尤利西斯》中表现出来的猥亵粗俗，在我看来，似乎是有意为之的精心描绘，就像一个人，忍无可忍之时，以为只有打碎了窗子才能呼吸一样。的确，在某些瞬间，窗子被打破的一刹那，他也光彩夺目。但这多浪费精力啊！何况，猥亵实在无聊，因为这既不是精力旺盛，又不是野性流露，只不过是因为有人急着

181

要吸上几口新鲜空气,才毅然决然做了件造福大众的好事。再来看看,艾略特先生的晦涩。我以为,艾略特先生写出了现代诗坛中最动人的几行诗。可他丝毫也容不下社会上的俗套和礼数——同情弱小,体谅庸才!他的诗句之美,浓烈而迷人,足以让我沉醉,可一想到,必须不顾危险、头晕目眩地纵身一跃,才能从这句诗跳到下一句,如此一行一行读下去,活脱脱像个杂技演员,在空中摇摇晃晃地从一根杆子翻到另一根杆子上去时,我不禁大叫了出来,我承认,我是需要那些旧礼数的,我真向往祖辈们的闲适,他们只用拿起书,便可以在树荫下安静地遐想,根本用不着像这样在半空里疯狂地吊来晃去。还有斯特雷奇先生,他为抗拒时代的主流而付出的努力和苦心,在其《维多利亚名人传》和《维多利亚女王传》中,处处可见。当然,比较起来,倒并非那么显而易见,因为他不仅涉及了事实,要知道,事实就很棘手,他还从 18 世纪的风尚里,创造出了一套属于自己的礼仪规范,谨慎而周到,足以让他与达官显贵同坐一席,高谈阔论,也能谈吐自如,但若是揭开了这一袭华丽的外衣,赤裸裸地说出真相,少不了会被仆人们扫地出门。然而,若是将《维多利亚名人传》和麦考利爵士的几篇随笔放在一起,虽然你们也会感到,麦考利爵士处处犯错,斯特雷奇先生一贯正确,可麦考利爵士的随笔读来就让人觉得有血有肉、回肠荡气、丰富多彩,整个时代就在他的身后。而他也在作品中倾注了全力,没有丝毫用在遮遮掩掩或是曲意逢迎上。但是斯特雷奇先生要是想让我们看到什么,他非得先让我们瞪大了眼睛不可,他一定要搜肠刮肚,拿捏出一种圆滑的腔调来,而这番努力,尽管掩饰得十分漂亮,却已经夺去了作品本应拥有的几分力量,限制了他施展才华的空间。

出于这些原因,我们必须让自己接受这样一个失败和破碎的季节。我们必须想到,若是我们挖空心思,只为想方设法来说出真相,想必话音落定,真相也已是精疲力竭、混乱不堪了。尤利西斯、维多利亚女王、普鲁弗洛克先生——略举一二布朗夫人最近广为人知的名字——等到她的拯救者们一一赶到,想必也要有些面色苍白、头发蓬乱了。而我们听到的那些声音,就是他们手中大斧的挥舞声——在我听来,是那么铿锵有力、令人振奋——当然了,除非你们在上帝开恩、提供了这么多急于也善于满足你们需要的作家时,还想睡上一觉。

这就是我尽己所能,对我开头提出的那些问题所做的答复,恐怕是有些冗长乏味了。我谈到了乔治时代作家所面临的一些困难,在我看来,他们诚然做出了种种努力,但仍大受其害。我也试图为他们进行了辩解。最后,能否容我冒昧地提醒一下大家,作为写作这项事业的合伙人、这节车厢里的同路人、布朗夫人的旅伴,你们应当负有什么样的义务和责任? 这是因为,布朗夫人不仅被讲故事的我们看到了,被讲到了我们的故事中,对于一直沉默不语的你们,她也是清晰可见的。在过去一个星期的日常生活里,你们所经历的,一定远比我刚刚描述的要奇特得多、有趣得多。哪怕只是偶然听来的只言片语,也会让人好奇不已。到了晚上,躺在床上,心中的感情千头万绪,让人晕头转向。一天下来,成千上万个念头从你们的脑海中闪过;成千上万种情感相遇、碰撞、转瞬而逝,一片混乱,令人震惊。然而,对于这一切,你们却听由作家硬塞来他们的一套说法,硬塞给你们一个布朗夫人的形象,一点儿也不像那位不同寻常的老太太。你们谦虚地认为,作家的血脉、骨骼自然与众不同,当然要比你们更了解布朗夫人。这可是大错特错。正是这种读者、作家之分，你们这种谦逊的态度和我们那副行家的架子和派头，败坏了好端端的作品，而这本该是我们亲密平等、齐心协力的健康结晶，却就此失去了活力、变得病怏怏了。也因此，才有了那些光鲜、圆滑的小说，那些荒唐可笑、耸人听闻的传记，那些白开水一样的评论，那些称颂玫瑰纯洁、羔羊天真的甜美诗歌，而如今，正是这些花言巧语被人误认为是文学。

你们的责任，就是要坚持作家必须走下他们的圣坛和宝座，如若可能，不妨尽善尽美，如若不能，无论如何也要真实地描述我们的布朗夫人。你们应当坚持，她是一位具有无限可能和无穷变化的老太太，什么地方都可以去，什么衣服都可以穿，什么话都可以说，什么上帝才知道的事都可以做。只是，她说什么、做什么，她的眼睛、鼻子，她的言语和沉默，无不让人感到她的魅力不同凡响，因为，她就是我们生活的精神所在，就是生活本身。

但不要以为，此刻我们就可以将她圆满地呈现出来。暂且容忍一下那些断续、晦涩、破碎，甚至是失败的作品。一项美好的事业期待着你们的一臂之力。因为，我要做出最后一个十分轻率的预言——我们正站在英国文学的一个伟大时期的边缘颤抖。但要想达到那个时代，只有下定决心，永远、永远不抛弃布朗夫人。

选篇八

论简·奥斯汀

若是卡桑德拉·奥斯汀小姐由着性子一意孤行,那么恐怕除了几本小说,我们对简·奥斯汀的文字就要一无所知了。唯有在写给姐姐的信中,简·奥斯汀才敞开了心扉,把自己的种种心愿一一相告,如果谣言不虚,她还说到了人生中唯一的一次重大挫折。不过,等到卡桑德拉·奥斯汀年事渐高,妹妹的声名也与日俱增,她便开始担心,总有一天会有不相干的人来刨根问底,学者们也要妄自揣测,她就狠下心来,把但凡能满足他们好奇心的信件全都付之一炬,只留下了那些在她看来无足轻重、不会引人注目的东西。

　　这样一来,我们对简·奥斯汀的了解,就只剩下那么几句流言,一两封书信,还有她的全部作品了。至于流言,倘若可以流传至今,也就不容小觑,只消稍作整理,对我们就会大有裨益。譬如说,小费拉德尔菲亚·奥斯汀这么说她的堂姐,简"长得一点儿也不漂亮,还一本正经的,一点儿也不像个十二岁的女孩……简是个怪脾气,还爱装模作样。"还有米特福德夫人,奥斯汀姐妹还是小姑娘的时候,就认识了她们两个,认为简在她印象里,"算得上是最漂亮、最傻里傻气、最爱装模作样,一心要为自己找个丈夫的轻浮姑娘。"接下来,还有米特福德小姐的一位朋友,不知姓甚名谁,这会儿正来探望简,说她已经成了一个不折不扣的"老小姐",没有人比她更古板拘泥、更沉默寡言的了,要不是《傲慢与偏见》让人看到了这副冷漠的外壳下面,还蕴藏着一颗弥足珍贵的明珠,恐怕她不会比一根拨火棍或是一块防火的栅栏更引人注目了……"现在,情况是大不相同了,"这位好太太继续道,"她倒还是根拨火棍——不过是根人人都怕的拨火棍……写起别人来妙趣横生,自己却一声不吭,怎么可能不让人害怕!"当然,另一方面,还有奥斯汀的家人,这一家子本不喜欢自吹自擂,可是,人们说,她的几个哥哥"非常喜欢她,也非常以她为豪。因为她的才华、美德和迷人的风度,他们个个都喜欢她,以至于后来,每一个都爱从自己的女儿或是侄女身上去寻找他们亲爱的妹妹简的影子,当然,他们也并不指望能再见到谁可以与她媲美。"迷人,却古板,在家里人见人爱,外人却对她望而生畏,牙尖嘴利,又心地善良——这些矛盾之处绝非水火不容,翻开她的小说,我们便会发现,害得我们脚下摔跤的还是作者身上这种复杂的性格。

先说说费拉德尔菲亚眼里的这个一点儿也不像十二岁、脾气古怪、装模作样,一本正经的小姑娘,不久就要变成一个女作家,写下一篇令人称奇、毫不稚嫩的小说,《爱情与友谊》,让人难以置信的是,那时,她才不过十五岁。显然,这是为了给书房里带来几分乐趣所写的。同一本书里的另一篇小说则故作庄重,献给了她的哥哥,她的姐姐还为其中的一篇画了一些线条简单的头像作为插图。读来会觉得这些都是家里人聊以开怀的作品,其中的讽刺往往能切中要害,因为奥斯汀家的孩子们都爱嘲笑那些淑女,她们动不动就"长吁短叹,一头晕倒在沙发上"。

兄弟姐妹听到简大声读到她对他们深恶痛绝的恶习的最后一击,想必会开怀大笑。"奥古斯塔斯的死,让我饱受痛苦,一次不幸的昏厥简直要了我的命。亲爱的劳拉,可要当心昏厥……你爱多久发一次疯就发一次疯吧,可千万别昏倒啊……"她继续下笔如神,越写越快,快到了连拼写清楚都顾不上,把不可思议的冒险故事一一道来,关于劳拉和索菲亚、菲兰德和古斯塔夫,关于那个隔一天就驾着马车往来于爱丁堡和斯特林之间的绅士,那件放在桌子抽屉里的财物的失窃案,还有那些挨饿的母亲与扮演麦克白的儿子们。毫无疑问,这个故事一定在书房里引来了阵阵哄堂大笑。不过,不用说,这个十五岁的女孩,坐在共用的起居室里自己的那个角落里写作,自然并非是为了博得兄弟姐妹一笑,也不是以飨家人。她是在为每个人写作,不是为了某个人,而是为我们的时代,为她自己在写作。换句话来说,即使在这么小的年纪,简·奥斯汀已经开始写作了。从这些句子的节奏、条理和严谨中便听得出来。"她只不过是一个好脾气、懂礼貌、乐于助人的年轻女人。这样一个女人,很难让人讨厌——她只是不被人看在眼里。"这样的句子,自然不光是为了圣诞节的消遣。活泼、轻松、妙趣横生,无拘无束到了近乎胡闹的地步——《爱情与友谊》就是如此。不过,是什么如此清晰嘹亮,响彻了全书,又不会被其他的音调盖过?是笑声。那个十五岁的姑娘,在自己的角落里,笑对这个世界。

十五岁的姑娘总是在笑。宾尼先生要吃糖却错放了盐,就会惹得她哈哈大笑。汤姆金斯老太太一屁股坐到了猫身上,她们差点没笑死。不过,没一会儿的工夫,她们又哭了。她们还没有一个固定的安身之处,不能在那里看到人性中永远的可笑之处,在男人和女人身上看到永远会引起我们讽刺的地方。她们不知道,给人白眼的格雷维尔夫人,和可怜的遭人白眼的玛利亚,是每个舞会上都必定存在的角色。不过,对于这一点,简·奥斯汀好像打生下来就明白了。就像是有一位守护在摇篮旁的仙女,一等她出生就带着她飞遍了整个世界,待她再躺回摇篮中时,她已经不光是知道了这世界的模样,还已经为自己选好了一个王国。她许下诺言,要是由她来统治这片国土,她将不复他求。这样,到了十五岁,她对其他人就几乎不抱什么幻想,对自己则一丝幻想也不抱了。不管她写什么,已经是尽善尽美,也已不再受限于牧师的宅邸,而是放眼世界了。她是非个人化的,这让人觉得不可思议。当作家简·奥斯汀,写下这本书中最出色的一段速写,记下格雷维尔夫人的一席谈话时,分毫不见牧师的女儿简·奥斯汀因遭人冷落而心怀怒气的任何痕迹。她的目光径直看向了目的地,我们便跟着她清晰无误地在人性的地图上,也看到了那个目的地的所在。我们也看得分明,是因为简·奥斯汀遵守了她的诺言,从不越过自己的边界一步。从不,即使是在十五岁,感情最易冲动的年龄,她也不曾因羞愧而扭过头去,因为爆发了一阵怜悯而抹平了讽刺的锋芒,或是让激情的迷雾模糊了故事的轮廓。她似乎用手中的魔杖冲着爆发和激情一指,说了句,停在那里,界限如此分明。但她也并不否认,在她的世界之外,还有月亮、群山和城堡的存在。她自己也还写过一部传奇,那是为苏格兰女王而作。她的确十分仰慕女王,称女王为"世上最杰出的人物之一,一位迷人的公主,她那时唯一的朋友,只有诺福克公爵一人,而如今,还有惠特克先生、勒弗罗伊夫人、奈特夫人和我自己。"这番话干净利落地为她的热情画了一个范围,最后以笑声收场。回想一下,不久之后,年轻的勃朗特姐妹在她们北方的牧师家里是如何描述惠灵顿公爵的,那真是挺有趣的一桩事。

那个一本正经的小姑娘长大成人了。她成了米特福德夫人印象里"最漂亮、最傻里傻气，最爱装模作样、一心要为自己找个丈夫的轻浮姑娘"，还有，顺便说一句，她还成了一本小说，《傲慢与偏见》的女作者，这本书，是她躲在一扇吱嘎作响的门背后偷偷写出来的，多少年也没能发表。据猜测，没过多久，她就开始了另一部小说，《沃森一家》，不知为何她并不满意，没写完就放在一边了。大作家的二流作品值得一读，因为这为她的杰作提供了最好的批评材料。在这儿，她写作的难处也更为明显，为了克服这些难题所用的方法也还没有被那么巧妙地隐藏起来。首先，最初的几章既生硬又空洞，足以表明她属于这样一类作家，他们在初稿里只是直截了当地罗列事实，然后一而再、再而三地修改润色，丰满血肉，渲染气氛。这是如何做到的——删去了什么，增添了什么，用了什么艺术手法——我们不得而知。但奇迹实现了。十四年来枯燥乏味的家庭生活，也变成了那些优雅细腻、通达流畅的序言之一。而我们永远也想不到，简·奥斯汀为了这几页开场白，如何强迫自己一再挥笔修改，做出了多么大的努力。在这儿，我们才意识到，她毕竟不是魔术师。和其他的作家一样，她也必须创造出一种氛围来，好让自己独具的才华在其中开花结果。在这儿，她也试探摸索，在这儿，她让我们有所期待。突然之间，她做到了。笔下的一切都如她所愿地发生着。爱德华兹一家就要去赶赴舞会了。汤姆林森一家的马车就在眼前驰过。她能告诉我们，查理的"手套被递了过来，还要让他一直戴着"；汤姆·马斯格雷夫带着一桶牡蛎，躲到了某个偏远的角落，过得舒舒服服。她的才华得到了解放，生动活泼了起来。我们的感官立刻变得敏锐了，我们被她独具的魅力迷住了。不过，这其中又有些什么呢？不过是乡镇上的一场舞会，几对男女在会场里执手相牵,相顾言欢,吃点什么,喝点什么,而所谓不幸,不过是一个男孩子遭了一个年轻姑娘的冷眼,随后又引来另一个的青睐而已。没有悲剧,也没有英雄。但不知为何,与其表面的严肃相比,这小小的一幕让人感动至深。这让我们看到,要是爱玛在舞厅里的表现尚且如此,那么,在人生中那些远为沉重的危机面前,出于一片真心实意,她会表现出何等的体贴,何等的温柔来,而这一切,在我们的眼前,必然会一一再现。由此可见,简·奥斯汀远比表面看来更为通情达理。她促使我们去把她不曾写下的东西补充完整。她笔下所写,乍一看,是一些琐事,却能在读者的心中铺陈开,变化出持久不变的人生场景来。而她把重点,都放在了人物身上。她让我们去猜测,当奥斯本爵士和汤姆·马斯格雷夫差五分三点登门造访,而玛丽也端上了茶盘和餐具时,爱玛的表现会是如何。这是个极为尴尬的场面。这两位年轻的先生一贯高雅斯文,爱玛或许会表现得有失教养、粗俗不堪、一无是处。这段对话峰回路转,让我们一直坐立不安。我们的心思一半系在眼下的局面,一半担心着接下来会怎样。最后,爱玛应对自如,不负我们的厚望,这让我们深受感动,仿佛见证了的是何等的大事。一点不假,就在这里,在这部尚未完成、质量不高的作品中,就已经具备了简·奥斯汀之所以伟大的全部因素。文学的永恒品质就在其中。即使抛开表面上的生动活泼、栩栩如生不谈,其中对人类价值的细微甄别也仍带给我们更深的乐趣。倘若把心中这点乐趣撇开不谈,这种更为抽象的艺术也能让我们心旷神怡。在舞厅的一幕中,纷纷涌现的情感、匀称停当的比例,此情此景,宛若诗歌,本身就足以赏心悦目,而不只是作为推动情节向着彼处或此处发展的一个环节而已。

不过,流言里的简·奥斯汀,古板拘泥、沉默寡言,"是根人人都怕的拨火棍"。关于这一点,也有迹可寻。她下笔毫不留情,算得上整个文学史上始终不渝的讽刺家中的一个。《沃森一家》开头尚显生硬的几章,足以证明她并非一个多产的作家。她不像艾米莉·勃朗特,只消打开门,便才华毕露。她不骄不躁、满心欢喜地拣回来细嫩的枝干和麦秆,整整齐齐地放在一起,用来搭一个窝。那些树枝、麦秆已经晒干,上面还沾了些尘土。大宅邸,小房子,茶会,宴会,偶尔的野餐,生活跳不出这些尊贵的亲戚朋友间的往来,也离不开充足的收入。泥泞的道路,溅湿了的双脚,女士们总嫌疲劳厌倦,一些众所遵循的成规,住在乡下的中产阶级家庭普遍享有那些许的尊贵和教养。罪恶、冒险、激情,统统被她排除在外,却对平淡无奇的琐碎小事一个都不回避,一个都不曾放过。她耐心而准确地告诉我们他们如何"一路不停,直奔纽伯里,午餐晚宴合二为一,大饱口福后,一天的欢乐和疲惫这才结束。"对于传统,她可不是只在口头上表表敬意,她不仅接受传统,还心悦诚服地相信传统。当她动笔描述牧师,比如埃德蒙·贝特伦,或者是水手的时候,他们的神圣职责,看起来,就成了妨碍,让她不能自由地运用自己的主要工具——她的诙谐才华,而因此,也就容易使这本书流于正经的称颂,或是平铺直叙的描述。不过,这些都是例外。她的态度,一般而言,可以让人想起那位不知名的太太的喊叫:"写起别人来妙趣横生,自己却一声不吭,怎么可能不让人害怕!"她既不想改变,也不要销声匿迹,只是沉默不语,而这就足以让人害怕。她的笔下诞生了一个又一个的愚人、伪君子和凡夫俗子,譬如她的柯林斯先生们,她的沃尔特·埃利奥特爵士们和贝内特夫人们。她用鞭子一样的语言,把他们围作一圈,当鞭子飞舞之际,剪下了他们永恒的身影。他们就被留在了那里,不留借口,不留情面。而她写下朱莉娅和玛丽亚·伯特伦后,什么都没有留下。伯特伦夫人却永远留了下来,"坐在那里,喊着柏格,不让他跑到花圃里去。"神圣的正义得到了伸张。格兰特博士一开始喜欢吃嫩鹅肉,结果"因为一周之内连赴了三次大宴,得了中风,一命呜呼了。"有时候,看上去她笔下的这些人物,一生下来就是为了让她享受无上的快乐,为此她不惜割去他们的头颅。如果她心满意足了,连一根头发都不会去改,一块砖,或是一叶草也不会去动,因为这个世界带给了她如此妙不可言的欢乐。

我们也是如此,实在不会愿意去改动。因为即使是出于强烈的虚荣带来的痛苦,或是义愤填膺的激动,要我们去改进这样一个充满了怨恨、狭隘和愚行的世界,这也是我们力所不能及的。人们就是这样——这个十五岁的女孩心中有数,这个成熟的女人证明了这一点。此时此刻,某个伯特伦夫人正要阻止柏格跑到花圃里去,她让查普曼去帮范尼小姐,只是稍迟了一点。奥斯汀的眼光准确,讽刺也恰如其分,尽管由始至终一贯如此,还是差点从我们的眼皮子底下溜走了。因为没有一丝一毫的狭隘或是怨恨来打断我们的沉思。欢乐奇异地和我们的乐趣融合在了一起。美,让这些愚人也熠熠生辉。

这种难以捉摸的品质,组成的部分常常截然不同,唯有独具禀赋,才能将其融会贯通,结合在一起。简·奥斯汀的聪明才智与她成熟的鉴赏力相得益彰。她笔下的愚人就是愚人,势利小人就是势利小人,因为他们距她心中精神健全、神志清醒的标准相去甚远,即使她让我们开怀大笑时,这一点也清晰无误。从没有哪位小说家,对人类的各种价值如此了然于胸,更使其一一跃然纸上。她使那些有违仁慈、诚实和真挚——这些英国文学中最讨人喜欢的品质——的行为暴露无遗,因为这有悖于她的那颗无瑕的心灵,明察秋毫的眼力,和近乎严酷的道德观。完全用这样的方法,她写出了瑕瑜互见的玛丽·克劳福德，让其喋喋不休地说她反对牧师，或是赞成一位拿着十万英镑年俸的准男爵，说得轻松自在、兴致勃勃。但有时，简会敲出自己的音符，声音虽不响亮，却十分悦耳动听，立刻就让玛丽·克劳福德的唠叨变得索然无味，尽管听上去也仍让我们觉得有趣。她的笔下就这样出现了一幕幕深刻、美丽而复杂的场景。对照间，产生了某种美，甚至，称得上庄重，这不仅和她的才智一样引人注目，而且，这还是她的才智中不可或缺的一部分。《沃森一家》让我们预先体味了这种力量，一件平平常常的善意之举，在她的笔下，便如此意味深长，这不禁令人惊诧。在她那些不朽之作中，这种天赋的运用已是炉火纯青。一切都是如此寻常。正午的南安普敦，一个迟钝的小伙子正跟一个弱不禁风的大姑娘在台阶上交谈，他们正要上去更衣赴宴，女佣人们从他们身边经过。但是，就在这些琐碎平常之处，他们的话突然变得大有深意，这一刻对他们来说，也成了生命中最值得纪念的时刻。这一幕充实了，闪亮起来，变得光彩夺目，浮现在我们的眼前，如此深邃，颤抖着，一瞬间，似乎万籁俱寂，然后，女佣人走过，这颗凝聚了全部人生幸福的水滴，又一次悄然而落，化为了平凡的人生潮汐中的一部分。

简·奥斯汀的目光既然可以洞悉人心，那么她选择了日常生活中的琐事，诸如派对、野餐、乡间舞会，作为自己的题材，还不是自然的事情？摄政王和克拉克先生"提了建议，让她改变一下文风"，她对此无动于衷。而所谓的传奇、冒险、政治和阴谋，统统比不上她在乡间宅邸的楼梯上，亲眼所见的生活。的确，摄政王和他的图书馆管理员碰了个大钉子，他们试图动摇一颗不受腐蚀的良心，干扰她那万无一失的判断力。那个在十五岁就写下了如此优美句子的小女孩从未辍笔不耕，也从来没有为摄政王或是他的图书管理员动过笔,她只为广大的世人写作。她深知自己的能力所在,也知道一个对作品要求苛刻的作家,哪些材料才能让她用起来更得心应手。有一些印象,落在了她的能力之外,有一些情感,无论她如何尽己所能、如何施展才华,也无法为其穿上合适的外衣、恰如其分地表达。举例来说,她就没有办法让一个姑娘兴致盎然地大谈特谈旗帜和教堂。她也无法全心全意地沉浸在什么浪漫的瞬间。她会想方设法地避开激情的场面。对于大自然的美景,她也自有办法旁敲侧击。她可以去描述曼妙的夜色,却对月亮只字不提。尽管如此,读到她笔下典雅的句子,"无云的夜空,满目粲然,林间的浓荫,正与之相映",虽然只是寥寥数笔,但那样的夜,一下子就"庄重、安详、可爱"了起来,就像她所说的一样。

她的种种才华,极为平衡得当。凡是完成了的小说,没有一部是失败之作,各章各节也鲜有参差不齐,没有哪一章会让人觉得大为逊色。不过,她毕竟四十二岁就死了。死时正值她才华的巅峰。她的创作还有可能改变,而作家的晚年往往正是因为这些改变才如此引人入胜。简生性活泼、不可抑制、洋溢着生机勃勃的创造力,如果她活下去的话,无疑会写出更多的作品来,这也让人好奇,想要知道她是否会换上一种写法。界限分明,月亮、群山和城堡都在她的范围之外。不过,她不是也有片刻想到了要越过这道界限吗?她不是已经开始,那么欢天喜地、才华横溢地在计划着一次小小的发现之旅吗?

让我们拿出《劝导》,她完成的最后一部小说,借此来一探那些如果奥斯汀在世,有可能写出的作品。在《劝导》中,有一种独特的美,和一种独特的沉闷。沉闷常见于两个阶段之间的过渡时期。因为作者心里生出了些许的厌倦。她对自己的世界太过了然于心,下笔之际再也找不到任何的新鲜感。小说中的喜剧场面略嫌刺耳,这也许是因为某个沃尔特爵士的虚荣或是某个埃利奥特小姐的势利,再也不让她觉得好笑了。讽刺变得生硬,喜剧场面变得粗糙。日常生活的种种可笑之处,已经不再让她觉得鲜活有趣。下笔之际,她有些心不在焉。不过,虽然我们读来,觉得这些她已经写过,还写得更好,我们也还有一种感觉,简·奥斯汀正在尝试着去做一些前所未有的事情。在《劝导》中,有了一种新的因素、一种新的特征,或许,正因此,休厄尔博士才如此激动,称之为"她最美的作品"。她开始认识到,这个世界比她想象的,更大、更神秘,也更为浪漫。她对安妮所说的一句话,在我们看来,也适用于她自己:"年轻的时候,她不得不谨小慎微,待到年纪渐长,才解风情——不自然的开端,结果自然就是这样。"她常言及自然的瑰丽与沉郁,笔下一贯的春风化作了秋月。她谈到"乡间的秋日,带来如是的甜美和哀伤"。她注意到"落叶黄,而草木凋"。她看到,"人不会因为在一个地方吃了苦头,就对那里少了几分爱。"不过,她的变化不只表现在她对自然的敏感,她对人生的态度也发生了改变。在大部分的篇幅中,她都是通过书中一位妇女的眼光来观察人生,因为自己身遭不幸,所以这位女主角对于旁人的幸与不幸都怀着一种特殊的同情,然而直至终篇,她还是不得不保持缄默,只在心底作出一番评判。因此,和往日相比,奥斯汀看到了更多的感情,而非事实。音乐会的一幕,以及有关妇女坚贞的那段著名谈话,明白地表达出了一种情感,不仅证明了一种传记上的事实,说明简·奥斯汀也曾爱过,还证明了一个美学上的事实,说明她已不再害怕说出这种感情。若是严肃的人生经历,就必须深埋于心底,让时间的流逝使之彻底净化,然后,她才能允许自己在小说中予以表达。不过,现在,1817 年,她已经准备好了。而从外界来说,她的处境也将迎来一番变化。她的名声增长缓慢。"我怀疑,"奥斯汀·利先生写道,"能否再指出任何一位著名作家来,像她那样完完全全地过着默默无闻的生活。"倘若她能再多活上几年,一切都会改变。她会在伦敦生活,外出赴晚宴、赴午宴,会见名流、交朋识友,阅读、旅行,然后,将日积月累的诸多见闻带回乡间宁静的小屋内,以供闲暇时尽情回味。

　　而这一切又会对简·奥斯汀尚未写出的那六部小说产生怎样的影响呢? 她想必不会去写犯罪、情欲或是冒险的作品。也不会因为出版商的催促或是朋友的奉承而敷衍了事,写下违心的文字。但她一定会了解到更多的东西,她的安全感一定会动摇,她的幽默一定会受到损害。她一定不会再对人物对话委以重任(这在《劝导》中就已经初见端倪了),而会更多地诉诸内心的沉思,以此让我们了解她书中的人物。想要永远把舰队司令克罗夫特或是马斯格罗夫太太记在心中,只需短短几分钟的闲言碎语,这些妙不可言的短小对话就把我们所应知道的一切都言简意赅地概括了。但这种匆匆记下、漫不经心的方式,若要将整章的人物刻画和心理分析囊括在内,恐怕会失之粗糙,无法将她现在所体味到的复杂人性一一道尽。她一定会创造出一种新方法,一如既往地清晰明了、从容不迫,不过,将会更深刻、也更意味深长,因为她将不仅仅道出人们说出的话语,还要一抒他们未曾吐露的心声,不仅仅说出人的本质,还要将生活的真相公之于众。她会离笔下的人物稍远一些,更多地把他们视为群体,而不是个人。她的讽刺,虽不再是一以贯之,却要严厉得多、也苛刻得多。她将走在亨利·詹姆斯和普鲁斯特的前面——不过,够了。这些推测不过是白费力气:这位女性之中最为完美的艺术家,这位写出了不朽之作的作家,"正当她对自己的成功开始树立信心的时候",便与世长辞了。